磐安古村落文化丛书

中共磐安县委宣传部 编

陈新森／主编

桑梓誉重归名宗

譽梓

九州出版社

JIUZHOUPRESS

蔡氏祠堂

优生优育出人才，农家日子<!--partial text-->

下厅民居

留住那一份乡愁

◎陈新森

  大山里的磐安，先人们留下了许多珍贵的历史遗存，那些古韵悠远、景观独特的古村落，便是岁月的见证、乡愁的寄托。

  每一个古村落，每一幢古建筑，都有一段曲折的历史，都有一个生动的故事。那里的古街小巷、老屋祠堂，那里的雕梁画栋、碑刻牌匾，那里的井台池塘、泥灶家什，都刻录着旧时光的记忆，携带着老家园的温情。

  别看磐安地处群山之间，别看磐安建制时间短，这里避世入世的隐逸通达，这里历史文化的丰韵深厚，在古村落中折射出来，历经千百年时光，它们依然静静地守护在大山里。别样的厚重和精彩，吸引了世人惊羡的目光，且让我们来领略下古村落的神韵。

  东晋道士许逊游历到玉山一带传播道教文化，见当地茶树遍布山野，茶农为茶叶堆积成山卖不出去而发愁，就留住下来，潜心与茶农一起改进茶叶加工工艺，制成了"婺州东白"，玉山茶因此名声大振，四方茶商纷至沓来。人们为纪念许逊,在玉山古茶场设立茶神庙纪念他的功绩,视他为当地"茶神",尊称为"真君大帝"。如今古茶场所在地马塘村已被评为"省文化示范村",并规划建设古茶场文化小镇。

南梁昭明太子萧统因避谗言诬陷而隐居磐安,在根溪、王隐坑(今安文镇王隐坑村,据传,村名中的王指的就是萧统)、大盘等地居住,潜心编写《昭明文选》,教民种药治病,后人奉之为"药祖"。而今,大盘山周边各村庄仍建有昭明庙,文人学士、乡间民众四时八节常往祭之。

唐武宗年间,嘉州夹江尉羊愔"弃官微服游于括苍缙云""幽栖于皿川"(今双峰乡大皿村),每日只身入深山采药并寻仙访道,发现并食用野生香菇后,神清气爽,遂加以移植。长年食菇后,"须发如漆,年老童颜,行走步轻如飞,饮酒三斗不醉",后人以"菇仙"尊之。羊愔后裔在皿溪畔休养生息,形成了一个较大规模的羊姓族人聚居地,大皿村被称为"中华羊氏第一村",获评省级历史文化名村。

宋建炎四年,金兵南侵,孔子四十八世裔孙孔端躬与父评事若钧、伯中奉大夫若传、兄衍圣公端友等护驾南渡,道经永康榉川(今盘峰乡榉溪村),值父若钧病逝,遂葬父于钟山之后坞。时端躬目睹朝廷昏庸腐败,无意为官,况父卒守节,决意以草木为伴,耕读为生,隐居山川,承先志建山庄古寨"南宗厥里"。由此始,孔端躬谓婺州南宗之始祖,其子孙繁衍兴盛。目前,榉溪村已成为江南孔子后裔最大的聚居地,被列入"中国传统村落"保护名录,人们称之为"中国第三圣地"。

茶神、药祖、菇仙、文宗,村在,庙在,遗迹在,就凭这些青史留名、百姓称颂的人物,你就想象得出活在流光里的古村落,承载着多么深厚的文化积淀、丰富的历史信息。一个古村落就是一个小社会,这里面凝结着山水文化、宗族文化、耕读文化、商贸文化、民俗文化等众多传统文化基因，留住了古村落就留住了记忆中的乡愁，就留住了传统文化的根与魂。

马塘、王隐坑、大皿、榉溪等村，仅仅是磐安363个行政村中的几个代表。磐安自古有"界三郡而邻五邑"之称，农耕经济发达，文化底蕴深厚，在青山绿水间散落着一大批古色古香、千姿百态的古村落。全县确定了25个重点保护村落，包括宋代理学名家蔡元定之子蔡渊避祸、游学，后定居在此的双溪乡梓誉村，朱熹题写的"理学名宗"的匾额仍高挂在蔡氏宗祠内；北宋著名理学家周敦颐四世孙周铭为始祖，以"乌石古民居"为主要特色的胡宅乡横路村；元朝民族英雄杨镇龙在玉山聚众12万杀马祭天，建立大兴国，其遗址古时称临泽，今之林宅村。这些古村落或依山而建，或傍水而卧，在空间布局、匠作技艺、建筑选材上与自然山水和人文传统交相辉映、相融相生。这些村落如同镶嵌在磐安秀美大地上的一颗颗"明珠"，构成了"无一处不可以成诗、无一处不可以入画"的乡村田园画卷。

近年来，磐安县坚持把保护传统村落、传承历史记忆作为美丽乡村建设的重点，开展了古村落普查活动，高起点编制了《历史文化村落保护规划》，对古建筑比较集中的村予以重点保护，突出保持原真性和整体性，尽可能以最少、最自然、最不经意的人工干预保持乡村风貌、维持乡村风情、彰显地方特色。保护古村落成为践行"两山"思想、推进"两美磐安"建设的现实选择和自觉行动。目前，磐安县有国家级历史文化名村1个（盘峰乡榉溪村）、省级历史文化名村4个（尖山镇管头村、胡宅乡横路村、双峰乡大皿村、双溪乡梓誉村）、中国传统村落6个（盘峰乡榉溪村、双溪乡梓誉村、胡宅乡横路村、尖山镇管头村、尖山镇里岙村、冷水镇朱山村）、省级传统村落2个（安文镇墨林村、九和乡三水潭村）。

尽管党委、政府在保护上花了大钱、用了大力,仍有一些传统村落"散落乡间无人识",处于自生自灭的状态。这些年,如火如荼的新农村建设,已使古村落保护面临严重的危机,我曾多次遭遇到过这样的情景:一面是古村落保护规划严格禁止拆旧建新、大拆大建;一面是村民集体上访强烈要求拆除破旧老屋,原地建设新房。在保与拆、修与建的艰难选择中,一些古民居在风雨侵蚀和茫茫等待中,变得岌岌可危,最后轰然倒塌。有领导甚至无奈地感叹:保护古村落比保护国宝还难,难在规划落地,难在修复利用,有的真是保护到不能再保护为止。

与大规模的拆旧建新相比,一些地方缺乏对古村落历史文化价值的深刻认识和深度挖掘,借新农村建设和旅游开发名义大肆"破坏性建设"和过度商业化开发,造成古村落传统化的质感和历史记忆的内涵彻底消失,人造景观、千村一面现象由此造成,难怪被称为"古村落保护斗士"的著名作家冯骥才曾有这样痛彻的感悟:"每座古村落都是一本厚重的书,不能没等我们去认真翻阅,就在城市化和城镇化的大潮中消失了。"消失的又何止是一个村庄的房舍、院落、古井等风貌形态,那些依附于这些物质存在的生产生活方式、传统节日、民风习俗、精神信仰、道德观念等也随之发生改变,加速了传统乡村文化的衰落。

古村落的一砖一瓦、一木一石,都保留着先辈对建筑和生活的智慧和热爱,那些雕刻、壁画、窗花,无不向后人昭示着我们民族源远流长、坚韧勤劳的沧桑记忆。"狗吠深巷中,鸡鸣桑树巅"这样的生活美景,只有在古村落中才会出现。古村落传承着我们的历史和文脉,承载着我们浓浓的乡愁和乡恋。只有保护好古村落,延续乡村的文化脉络,才能真正实现"望得见山、看得见水、记得住乡愁"。

古村落蕴含着先辈留下来的众多宝贵财富,保护古村落就是保护我们的精神家园。我们不仅要保护好村落实体,更要保护好其中蕴含的"活态文化",做到"见人见物见生活",使原有文化生态得到传承,并使之与现代文化巧妙融合。这些年,磐安县在如何保持开发与保护、传承与创新的平衡方面,做了许多有益的尝试。

比如,在规划设计上,坚持"活体保护、融合发展"的理念,把田园、山水、村落、文化作为一个有机的整体进行规划,实现了专业设计理念与地方实际、群众需求的有效衔接,使规划科学、务实、可操作。

在保护修缮上,按照"统筹兼顾、综合保护"的要求,分清轻重缓急、分类分批实施,对重点保护建筑开展整体修缮,就地取材、修旧如旧;对传统建筑相对集中的村落,实施连片保护;对经济条件好的村通过"建新区、保老区",确保老村的本真性和完整性。

在文化挖掘上,按照"不漏一村、不漏一巷"的要求,全面开展古村落物质和非物质文化遗产普查,成立了婺州南孔研究会、茶文化研究会,挖掘了"赶茶场""炼火""龙虎大旗"等民俗项目,建立农村文化展览馆、村史档案馆,确保历史文脉永续传承。

在开发利用上,突出"一村一景、一村一韵"的特色,强化自然生态系统保护,不推山、不挖路、不填塘、不砍树,创建"美丽庭院"和"百花村",植树种花,美化环境,在保持古村古韵的同时,努力使村庄更美、更绿、更和谐。

越来越多的人认识到,最能体现传统乡土文化、最能留住记忆乡愁的地方,仍然是遍布乡野的古村落。古村落不仅有着丰富的历史价值和文化价值,而且有着潜在的科学价值和经济价值。如果古村落不断消失,我们将失去寄托乡愁的本体,那是无法弥补的历史损失。我们可以做的,一方面,以尊重传统村落发展规律、文化传承、历史价值为底线,严格规划实施,加大资金投入,秉承历史传统,做活科学保护与合理利用的文章,从法规的角度建立保护古村落的长效机制。另一方面,记录古村历史,挖掘古村文化,用文字和图片留住时光流逝中的记忆,这就是我们倾全力编写《磐安古村落》文化丛书的初衷,我们希望用这种方式留住我们心灵的净土、文化的根脉,让更多的人关注古村落、保护古村落、探寻古村落。

时光流淌,乡愁难忘。古村的故事,但愿永远是鲜活的。

（作者系中共磐安县委常委、宣传部部长）

目 录

桑梓誉重

万峰深处的理学名宗

文 / 陈新森

　　和喧嚣闹猛的城镇相比，与整齐划一、千篇一律的现代乡村相比，古村梓誉是另一种存在。它被裹揽在婺江源头的绿色怀抱里，襟溪水穿村而过，老建筑承载不尽流年，蔡氏子孙固守着这方深受理学浸染的家园。

　　也许它的质朴和隐逸未能引起太多人的关注，村子显得静谧而安详。行走在水墨画般的古村，那雕梁画栋的古建筑，那曲径通幽的小巷道，还有小桥流水人家的宁静风貌，尘封着一个鲜为人知的千年之梦。

　　春寒料峭时节，我再次走进双溪梓誉古村，在砖瓦青苔和典籍宗谱中，打捞历史碎片，勾连时光岁月，追寻万峰深处的"理学名宗"。

一、安仁里：先人眼里的桃花源

　　青石板路泛着幽光，粉墙黛瓦鳞次栉比，石桥桥身爬满藤萝，沿着襟溪转悠，老旧气息扑面而来，村口的古树把时光拉回到千年之前。

　　梓誉蔡氏始祖是周文王第五子叔度公，受封蔡国为国君，从此以国为姓，子孙绵延。到唐朝蔡炉公从河南上蔡南迁到福建，梓誉村先祖蔡元定正是从福建迁徙而来。

而这次迁徙同一位宋代历史名人密切相关，那就是朱熹。

如果按照一些历史学家的类比，宋代是中国的"文艺复兴"，朱熹就是其中最闪耀的思想家。朱熹，字元晦，号晦翁，又称紫阳先生、考亭先生，被世人尊称朱子，祖籍徽州婺源，1130年农历九月十五日出生在一个儒学氛围浓郁的家庭，5岁就开始读《孝经》、"四书"。父亲朱松亲自执教，培养他对二程学说和《史记》的兴趣。朱熹14岁时，朱松去世，临终前将儿子托付给三位学识也很渊博的先生负责教育，朱熹警励奋发，遍读诗书，19岁考中进士，历高孝光宁四朝，终其一生除了担任若干年地方官外，只在中央干过40天，他把精力主要花在学术研究上，光语录就有140卷，重在思考人在宇宙中的地位，探索政治哲学、精神修养的方法，继承和发展了程颐关于"理"的学说，在建阳云谷"晦庵"讲学，世称"考亭学派"，承北宋周敦颐与二程学说，创立宋代研究哲理的学风，即通常说的"理学"。其著作甚多，他与吕祖谦合作的《近思录》，将分散的道学概念浓缩成一整套内在联系紧密的理论体系，成为当时第一本结构严密、论述严谨的儒家基本教义；另一本《四书章句集注》，则收录了从孔子到北宋"五子"时期儒家典籍中的重点内容，是一本权威的道统史，成了元代以降科举考试的参考书。对后世影响深远的还有其编写的《家礼》，书中设计的人生各个阶段的礼仪，成为士大夫阶层的规范。

这样一位"程朱理学"的创立者，被尊为孔子之后第二位圣人的大儒，在其晚年却遭到了弹劾。宋宁宗庆元二年（1196），监察御史沈继祖，罗列"不敬于君""不忠于国"等十大罪状，上书朝廷，弹劾朱熹，这仅仅是当时把持朝政的外戚韩侂胄导演"庆元党案"大戏的一个缩影，两个派别为了权力之争，进行个人攻击，通过反对"伪学"，除掉政治

蔡氏祠堂一角

对手。最终韩侂胄赢得胜利，朱熹被迫罢官回乡，同时严禁传播道学，将传播者视为"伪学逆党"，受牵连者有五十九人，其门徒、好友均被流放罢免。

这段历史在宋代史书上皆有涉及，手头的《蔡氏宗谱》也有简略记载，而最让蔡氏族人感到有底气的是，他们的先祖蔡元定与朱熹有着亦师亦友的特殊情谊。

蔡元定，福建建阳人，人称西山先生，南宗著

"桑梓誉重"牌匾

名理学家，律吕学家，堪舆学家，是朱熹理学的创建者之一。朱熹晚年在建阳考亭讲学，四方学子不远千里前来求学，研究理学，著书立说，与蔡元定等创建学术史上令人瞩目的"考亭学派"，考亭也因此被喻为"南闽阙里"，建阳被称为"理学之乡"，也因朱熹、蔡元定、黄干、刘爚、熊禾、游九言、叶味道等史称"七贤过化"之乡。朱熹被废黜，殃及蔡家，朱熹的得意门生蔡元定被逮捕，解送道州，一时理学被斥为"伪学"，朱熹被斥为"伪师"，学生成了"伪徒"，宋宁宗甚至下诏命凡荐举为官，一律不取"伪学"之士。

其时，蔡元定之长子蔡渊任金华婺路教授，为免一家倾轧，在朋友规劝下，携子蔡诰避难至东阳城南八十里之顾岭（现磐安县双溪乡梓誉村西之山岭），结庐隐居，安身立命，静等时局变化，再作长远计议。

谁料，翌年，蔡元定病殁道州，蔡渊前往奔丧，从道州扶柩回建阳，嘱咐其子蔡诰，"家祸不知其底，不妨暂留居山里，待日后局势稳定，重回建阳。"蔡诰随后垦地置产，耕读为生，家累日重，定居下来，成为梓誉蔡氏第一世祖。到第三代蔡炎举家从顾岭山里迁至安仁里（现梓誉），此后蔡氏生根于此，子孙繁衍，家族兴旺。取名"安仁里"，让我思索了很久，"安"是期盼平安、安康，"仁"代表理学的核心思想，而"里"即为故里、老家，一字一意，字字含情，寄托着人生理想和宗族愿望。

是什么吸引蔡氏父子选择定居此地？

梓誉虽说是村，但建筑格局如同一座微缩版的城池，琴山、白鹤山与狮山如同城墙，环抱村庄，仿佛天然屏障，西溪和襟溪在村中交汇，水口形成城门，一直沿山峦狭长地带绵延的民居，与周边的山光水色完美地融为一体，自然的惠泽使村庄看去沉静而安稳、灵秀而风雅。当年，对堪舆学颇有研究的蔡渊父子，对这里的山川地理定是细细地琢磨、考量过一番。就连几百年后的清代文人、藏书家古月筠在游览梓誉村后，也为这方山水而沉醉，信笔写下赞美诗："万峰深处见平畴，始信桃源不外求。东转琴山迎我笑，西来襟水抱村流。"

走在沿溪石板路上，风从山谷吹来，几片落叶飘洒路面，明晃晃的溪流如同女子含情脉脉的眼神，让古村明媚生动起来，沿街砖木结构的民居门口张挂着错落有致的红灯笼，显得古意盎然。村中方塘池光潋滟，恍如明镜，映照出周边古建筑，楼影在水中微微晃动，如同模糊的时光记忆。老屋的墙根边，村民有的在闲聊，话着家长里短，有的躺在竹椅上看书，茶杯里正冒着热气，有的刷着手机，怡然享受着多日不见的暖阳。此刻的梓誉，静谧，祥和。

清代"江南五才子"之一叶蓁曾寓居梓誉，并写下"梓誉十景"诗：东溪钓月、南峰插汉、西谷栖霞、北岭樵云、笔架朝晖、鹃埠留春、琴山听籁、石台晓涨、郑坞仙坛、柯岩石室。《郑坞仙坛·其一》写道："隔断红尘千仞岗，逢一胜迹为谁扬。翠屏不屑秦封树，灵气偏钟君子乡。"

蔡氏宗祠

村里人说,这些景点依稀都在,常有外人寻芳觅踪。

想当年,蔡氏父子必是被这里的山野气象、钟灵毓秀所吸引,才定心在此安顿。数百年时光的经营,古村有了宏大的聚集,古典和儒雅成了与众不同的气质。每来一次,越发惊叹蔡氏祖先的眼力,选择这么一个山环水绕、光景无边的风水宝地。

二、蔡氏宗祠:族人的精神圣殿

隐身于时光深处的梓誉,每一幢深宅老院都写满了关于"理学"重地和蔡氏家族的秘史,这其中最有代表性的建筑,无疑是村中祠堂。

对儒家而言,祠堂相对于庙宇,显然有着更深刻的意义。庙宇给人带来信仰,但村与村之间的庙宇本质上没有太大区别,而祠堂就不同了,供奉着共同的祖先,有着清晰的家族谱系,成了维系各地族人的情感纽带,走进祠堂,每一位族人都有一种"落叶归根"的归属感。

在明媚的光影里,一幢气势恢宏、器宇轩昂的老建筑吸引了我们。推开嘎嘎响的木制大门,裸露的木质纹理仿佛老人起伏的经络,触摸得到历史的纵深。

眼前的蔡氏宗祠,不只是一幢建筑,更代表着梓誉的历史文脉和文化根基。这座建筑始建于1420年,1529年遭寇焚毁,明万历壬辰(1592)才再次落成,留存至今。从外观上看,蔡氏宗祠中正自守、古朴大气,由牌坊式门楼、前厅、穿堂、后厅等建筑组成。门楼为青砖砌筑,房屋采用抬梁式结构,雕饰文雅,华而不俗。宗祠内大多是关于宗族的老旧物件,厅堂正上方挂着叔度公、西山先生等蔡氏祖先像,像前条桌上摆满了祭器贡品,廊檐下挂着珠灯、料丝灯、羊皮灯,幽深庄严中透出几分亮丽色彩。令人称奇的是,祠堂设有厢房,却没有戏台,这在南方祠堂中并不多见。一位民俗专家分析，通常戏台应该是祠堂的一部分，但蔡氏宗祠没有戏台，说明梓誉人在礼乐和民乐上，显然更重视前者，理学思想重了，儒士多了，戏台一类的民乐就不太突出，偏乡俗类的东西就少，这也在情理之中。

祠堂正中的横梁上悬挂着两块牌匾，"理学名宗"和"桑梓誉重"。最为珍贵的，看上去沧桑、斑驳的"理学名宗"四字乃朱熹亲笔题写，字体浑厚、笔力遒劲，是磐安县现存最古老和价值最高的牌匾之一，可以说是镇村之宝。拨开历史的重重迷雾，探究蔡家，发现当年蔡家一门九儒，个个才华横溢，学术颇有成就，让我们来看其中的几位——

"牛腿"上的精美雕刻

蔡发（1089—1152），字神舆，号牧堂，福建建阳人，西山公蔡元定之父，南宋理学家、文学家、天文学家、地理学家，他的《天文星象总论》精确阐明了地球、月亮围绕太阳转的规律，比西方早400年。他的《地理发微》《河洛发微》两书收入《四库全书》。晚年，叮嘱其子元定："为人要忠厚诚实，不可浸于利欲。"西山公的理学思想和文学才能，得益于发公言传身教。朱熹赞曰："蔡公平生所以教其子者，不干利

宗祠大堂上的精美雕刻

旗杆石

禄，而开以圣贤之学，其志识之高远非世人所及。"宋理宗诰谕："蔡发隐居求志，明善诚身，博览群书，力扶正学，阐河洛之教，弘淑诸人，诵横渠之铭，特赠太子太保。"

蔡元定（1135—1198），字季通，号西山，原籍福建建阳崇泰里，南宋理学家，精通天文地理，"度数、乐律、兵阵，无所不通。四十不受科举，诸臣举于朝，公坚以疾辞。"西山公25岁事师朱熹，与朱熹对山筑庐、夜间挂灯为号，共研理学，一生不涉仕途、不干利禄。朱熹见其学识渊博，称西山先生为老友，不在弟子之列，师友相从四十年。蔡元定著有《律吕新书》《洪范解》《大衍详说》《皇极经世指要》等理学、律学著作二十多册，多篇收入四库全书。常训诸子：步步守着仁、义、礼、智、信，可传子孙。朱熹横遭"伪学"之禁罢职，蔡元定因羽翼之罪，被贬湖南道州，西山公殁，朱熹来函告子渊，并亲书祭文："讣音果至，相向长号，若折左肱而失右臂，鸣呼吾道其终穷矣乎！天何夺吾季通之速耶？惟君学通古今，道极渊微，精诣之识，卓绝之才，不可屈之志，不可夺之节，有不可穷之辩，有继往来之功，今不可复得而见之矣。"1207年，蔡元定平反昭雪，初赠迪功郎，宝祐四年赠太子太傅。明嘉靖诏元定崇祀启圣祠。清康熙四十四年，帝颁赐"紫阳羽翼"金匾。

蔡渊（1156—1236），字伯静，号节斋，蔡元定之长子，遵父训长从

古村一角

朱熹，对理学深有研究，在前人基础上有所发挥和创新，是南宋理学家、文学家、教育家、易学家。宋朝议大夫宋慈赞曰："天挺英才，识达广博，克绍厥先，洞明圣学，道深先天，学开后觉，不干利禄，韬光林壑，盛德日新，荣膺天爵，教育贤才，君子三乐。"其著作很多，《周易训解》《易象意言》两书编入四库全书。其父元定病故后，蔡渊奔丧回建阳，守父墓，奉母亲，留子蔡诰于梓誉，为梓誉蔡氏之祖。

蔡诰（1174—1230），字芳远，自幼纯厚聪慧，勤奋好学，随父蔡渊长从朱熹，通理学、易学、家学，少成而随父在婺一带讲学，生有五子，教其后代莫忘理学"忠孝节义""仁义礼信智"之道德伦理。临终时又嘱："朱公之墨宝，传承之宝也。"

蔡氏一门四代潜心研究理学、弘扬倡导理学，朱熹感其渊源深久，贡献卓然，于是把蔡氏家族定为"理学名宗"，并手书墨宝以赠，这四

穿斗式木构架上的木雕

个字一直保存在蔡渊手中,随蔡渊到了梓誉就再也没有离开过。

村支书蔡中平介绍,此匾在"文革"时差点被毁,是村上一位教师急中生智,称他的房间缺天花板,不如将"理学名宗"匾拿去一用,村干部答应了,这件珍贵的历史遗存总算有幸保留下来。

而另一块"桑梓誉重"的牌匾,蔡中平解释说,先辈为了让子孙后代不忘朱熹所给的家族荣誉,从古文的"桑梓誉重"一词,选了"梓誉"两字作村名,提醒蔡氏后人:无论走到哪里,都要以家族荣光为重,不做辱没家风、辱没村庄名声的事。

在自给自足的小农经济时代,宗祠是供奉祖先和祭祀的场所,又是宣传族史、执行族规,议事宴饮的地方,往往是村中规模最宏伟、装饰最华丽的建筑。朱熹提倡家族祠堂:每个家族建立一个奉祀高、曾、祖、祢四世神主的祠堂四龛。蔡氏宗祠屡毁屡建,现存的宗祠1999年被列为浙江省文物保护单位。透过祠堂内的历代宗亲世系表、族谱、堂匾、对联,看到蔡氏先辈筚路蓝缕的创业艰辛,还有对后人晚辈的谆谆教诲,走近它,仿佛触摸到这个古村的精神之魂。

蔡氏家族从梓誉开枝散叶,无数蔡氏后人行走大江南北打拼创业,"耕读为本,忠孝传家"的基因已融入每个族人血脉,理学已成为蔡氏家族立家之本,代代相传,就像一条隐秘的河流,流淌在每个蔡氏后人心里。逢年过节,蔡氏宗祠红灯高挂,香烟袅袅,众多蔡氏宗亲陆续寻访故乡,祭祀祖宗,儒家讲究的伦理观念从未走远。

站在蔡氏宗祠放眼四望,青山依旧,绿水长流,村内建筑全都围绕祠堂这个中心延展开来,这是一种非常向心的"礼制"格局,应该说,梓誉村庄布局非常符合儒学追求。

这里的一石一柱、一砖一瓦,搭建起了物质上的村落和精神上的家园。凝眸沉思,心生感慨,家是人生的起点,也是国家的根基,祖先

下厅民居院景

创造的优秀文化是一种永恒的精神能源,对子孙后代优良品格的形成和塑造是何等的重要,在眼花缭乱且充满诱惑的世界里,每个人都要找到精神的原乡,从那里吸取行稳致远的力量。

三、"钟英堂":"木雕诗话"里的理学

如果说,蔡氏宗祠是梓誉村的灵魂所在,那么"钟英堂"则是这个村建筑的标杆之作,它的设计之美、用材之精、工艺之巧,的确让人叹为观止。

出了蔡氏宗祠,右侧便是"钟英堂",素朴的砖墙,黑色的瓦檐,看不出神奇和奢华之处。因为来过几次,知道精绝之处在屋内的"三雕":木雕、砖雕、石雕。美到何种程度,用一位木雕工艺大师的话说,"江南难得一见",尤其是木雕工艺当为清代康乾盛世浙江木雕的代表性作品,素有"木雕诗话"之誉。

牛腿上的精美雕刻

"钟英堂"建于清乾隆年间(1758年前后),典型的江南三合院、婺派十三间头建筑。从外观上看,白色的马头墙勾勒出大院巨大的轮廓,高耸的屋脊在空中划出几道流畅的线条,经历百年风雨的墙体依然保存完好。这座在动荡和变迁中得以幸存的古建筑,至今仍是梓誉人引以为傲的家族地标性建筑。

钟英堂侧景

从厢房的边门进入，一眼就看穿大屋进深，有正厅三间，东西厢房各六间，各个建筑部件历经岁月磨砺，已蒙上一层醇厚的皮壳，散发着幽幽光泽。那些精致的雕刻吸人眼球，从梁架上的月梁、鸱鱼、雀替、半拱、贴雕等到门窗上的窗格、花板以及柱础、门洞都雕有寓意深刻的纹饰图案，浮雕、圆雕、半圆雕、透雕、平雕、镂空雕，这些出神入化、鬼斧神工的雕刻，将儒家思想、主人情趣以及对生活的向往，经过巧构奇设、刀刻斧凿，淋漓尽致地搬到一座建筑的构件上。

我看到厢房门窗的绦环板上，人物面部在"文革"时被铲平，雕版风化严重，已看不出凿刻痕迹，但神韵犹存，其中两块雕刻了北宋杨家一门忠烈、贤臣刚正不阿的情形和杨家子弟的爱情故事。大厅明间雀替题材为"隋唐演义""三箭定天山""丁山请缨""张良拾履"等戏文情节,山墙前檐梁雀替为"渔、樵、耕、读"。大厅四琴坊,分别以蜂、鹿、猴、鹊组合,鹤、鹿、马组合,喜鹊与狮子组合,羊与喜鹊组合雕成,琴坊与牛腿连接处的花斗用荷叶造型,配以松、梅、莲等图案,寓意封侯爵禄、喜报福寿、喜气洋洋、喜事临近、富贵连堂,日常中所见的飞禽走兽、鱼虫花草、山川林泉带着吉祥的寓意,刻在宅第的梁柱砖石之间,在浑然天成中巧妙地表达出建筑主人的精神指向。

　　抬头仰望,正厅上方的三根镂空雕刻横梁,更是整座屋宇的巅峰之作。中间的横梁雕有群狮戏球图,俗称九狮抢球,在民间,狮子是"驱邪、避鬼、祈福"的瑞兽,"狮"与"事"谐音,意为事事顺心,事事如意。左边横梁雕有百鹿图,右边一根则是仙鹤图,"鹿"通"禄",有"福禄双全""高爵丰禄"之意,"鹤"则隐喻"一品当朝""松鹤延年",镂空

钟英堂厢房木雕格扇门

活络式木雕格扇窗

的草木花卉、飞禽走兽栩栩如生、惟妙惟肖,真乃巧夺天工。

龙,是威严、智慧、祥瑞的化身。龙,凝聚着千百年的艺术与智慧,演绎着穿越时光的民间精神。"钟英堂"处处显现龙的影子,牛腿雕拐子龙、倒挂龙、菱龙,单步梁雕刻鱼龙、草龙,月梁两端雕刻龙吐水纹、草龙等图案。整个建筑空间群龙腾舞、神龙呈祥。在封建礼制甚严的情况下,作为旧社会地位卑微的木雕手艺人将情感揉进岁月,智慧寄于双手,梦想随心而动,在木雕龙的世界里表达了对平安和丰收的祈求,对美好生活的深情向往和不懈追求。

在穷乡僻壤间,有这样一座出神入化的奢华宅第,实在是人间的大幸。我很想在大院里找到建筑主人的照片和画像,可惜未能如愿,我凝视着木雕上的各色人物,试图找出主人的影子,还是一声叹息。好在中堂上方的木牌清晰地介绍:钟英堂主蔡亨洪,清乾隆乙亥年进士,取"钟灵毓秀,英贤聚集"之意,1999年8月29日与蔡氏宗祠同列为省文保单位。眼前的"钟英堂"屡经磨难,身板不再硬朗,一些花窗和木梁,缺失的缺失,腐朽的腐朽,留下的骨架依然想象得出当年家族的富庶兴旺,还有文士雅集、高朋满座、谈笑风生的盛况。

　　蔡亨洪的发家,有说靠经营火腿、茶叶成为富甲一方的乡绅,也有说靠在杭州经营饭馆赚到钱的。不管怎样,当年的钟英堂主应该是实力雄厚的大户人家,要不然无法遍请名师高手,花巨资建造这样一座炉火纯青的传世佳作。《梓誉蔡氏宗谱·蔡明经尔广翁行传》载:"翁讳亨洪,字尔广,由太学入贡。早耽儒业,积学能文,尤长于画,天固赋以敏慧之资……余与翁里居,隔远,恨不获亲炙道范,然翁之画巧夺天

工，远迩竞传。予观其画，而想其灵珠之独握，闻其言，而羡其雅度之天志。"原来主人蔡亨洪不仅是饱学之士，深受朱熹理学影响，而且能工善画，具有独特的审美眼光。我们看到木雕技艺精湛外，还发现墙体用的是手磨方砖，台阶用的是长条青石，天井中还引进溪水，挖有鱼池，置有花坛，假山怪石，奇花异草，整个建筑浑然一体，格调高雅，的确是匠心之作。

更令人惊叹的是，这幢建筑还是蔡亨洪亲自设计，从建筑画图、木

宗祠门台瓦当

穿斗式木构架局部雕刻

雕选题到选材选料，均有主人的巧妙构思，选取的一些图案都注重气节品德，讲求的是以理统情，自我节制，发奋立志，强调人的历史使命感和社会责任感，建筑的形成和装饰深受理学思想的影响，完整地呈现出扎实的儒学功底。"西山道脉振东南，应有人恢河洛诸"，"钟英堂"内的这副对联，道出了屋主营造此建筑的深意所在：西山先生的理学思想享誉东南，作为后人当好好传承和弘扬。

时光如流，蔡亨洪留下的诗作、画作已无处寻觅，而他倾其所有、苦心孤诣建造的"钟英堂"却成了江南民居的经典，其意义不仅仅在于建筑本身，更重要的是用独特的建筑艺术语言，诠释和延续着"理学名宗"的悠久文脉。

四、村史馆:浓缩的理学名宗史

梓誉仿佛一部大书,每一幢建筑都有一个故事,而这些故事时空交错,情节繁复,一时半会儿难以理清,就像村内曲曲弯弯的里弄巷道,走得进,找不出。许多人懵懵懂懂地听了老半天,只记得这个村同理学有关,同朱熹有关,却很难从远去烟云中找到一条历史的主轴。

梓誉村史馆的出现,让理学的传承和村庄的历史变得脉络清晰。

沿溪一幢古旧的砖木结构房子,虽不是精雕细琢,经过整修,刷上清漆,显得倍有精神,这是蔡中平的祖屋,而今这里成了村史馆,五间房子陈展着程朱理学名人、梓誉村史、知名乡贤,还有村民书画作品,成排的白炽灯将整个展厅映照得亮堂而温暖。那些史上的大儒和蔡氏的先贤,微笑地注视着来往的过客,也许他们也欣喜每一次与今人的美好遇见。

我仔细地从"理学的产生"读到"理学名宗的由来",从朱熹、周敦颐、程颢、程颐等理学奠基人看到蔡氏九儒,一字一句读了朱熹生平、朱子家训。回过头,对中平说,你这五间老房子无偿给村里办村史馆,值!憨厚朴实的蔡中平应我,反正空着也是空着,外地人在馆里转一圈,理学和村史就有概念了。我说,这不仅是一个村史馆,还是一个传统文化教育馆,一眼看过八百年,历史烽烟尽在眼前。

村史馆的资料,全是蔡氏第25代孙蔡琪星收集整理,以前每次去,都能看到他矮小、瘦弱的身影,这次却不见人影,一问才知道,蔡老师前不久病逝了。我怔了一下,"平时看不出来啊。""一直都在吃药。""蔡老师,为村里文化挖掘做了不少事。""是啊,没有他,村史研究还接不上。"在与中平对话时,我的眼眶一热,心头一酸,哽咽地说不下去。

沿着襟溪往里走,走到蔡琪星家门口,发现房门紧闭,家人也出去了。蔡琪星是个乡村退休教师,返村闲居,开家小店,本来也不是语文老师,在帮村里修宗谱时迷上了蔡氏家族史和地方文化。这些年,对村史和理学名人的痴迷让他一发不可收,相继撰写了两本关于梓誉的书稿。记得2017年5月,我第一次与他见面,他给我泡蜂蜜茶,削苹果,然后与我谈书稿内容,还很谦逊地要请我帮他改改。当时已75岁的他,思路敏捷,字斟句酌,满身乡土学者的气息。他领我到门口的黑板报前,一字一句念他拟写的村歌歌词:襟水环流,琴山幽幽,山间桃源藏锦绣。理学名宗,誉重流长独存流。耕读传家,诗伴星斗,贤田贤孙,誓将理学传千秋。宗祠巍峨,古韵悠悠,古村旧风育新秀。理学名宗,誉重流长,蔡氏后裔竞风流。灵秀故里,岁月浓稠,重文重义,桑梓誉重写春秋。如今,蔡老师略带沙哑的诵读声犹在耳畔,身影却已飘零,他留下翔实、厚重的史料以及一手创建的村史馆,成了梓誉村宝

祠堂一角

贵的文化财富。

深入古村肌理，仿佛置身于旧时光，数百年的光阴在我们轻松的步履间一晃而过。老宅终归是老了，墙体倾斜，构件残缺，屋顶颓塌，好在乡村已安排人在修缮，那些念旧的老人始终不愿搬离，任凭世道沉浮，炊烟照样升起。古村虽然人口渐少，但村容依旧整洁，庭院的花木照常盛放，村民之间和谐相处，每个人脸上写满知足的笑意。清澈的溪流、清幽的古巷、清雅的老宅，构成了一幅完美的艺术画卷，生活在这里的人们恪守祖训，耕读传家，信义为本，发愤图强，不断创造着新的成就。

蔡氏族人仕途最旺的时候在南宋，迁徙到梓誉以后，科举荣光渐渐黯淡，但崇学重教之风仍未改变。我在村里看到一个祖上定下的老规矩仍在延续，每家每户门廊上挂着一个旧竹篮，写过字的纸必须扔在里面，不能随便丢弃或践踏，装满后拿到村口的文昌塔焚化。为鼓励蔡氏后人勤奋读书，历代村规都有"养贤田"制度，考中功名的学子可得一分"养贤田"以示奖励。这些规矩体现了蔡氏族人对文字、文化由衷的敬仰。梓誉人历来重视办学，新中国成立前设有三个蒙馆，新中国成立后曾办过高小、初中、高中，如今，对考上大学的学子仍有奖励，许多蔡氏后人在机关工作，在大学任教，大学毕业生遍布县内外各行各业。

传承家风创新业，秉持家训闯天下。蔡氏后辈将眼光投向了商贾之途，该村二十多家相框企业一度垄断整个义乌市场，相框产品一枝独秀，全国各地客商进村订货。更多的族人走出村庄，从事建筑、食品、工艺品等行业，发展空间不断拓宽，创业足迹越走越远。年轻的蔡红亮就是众多梓誉创业者的典范。他当过机电维修学徒，开过一家电器维修店，但始终没赚到钱，后来在杭州承包了便利店，赚得第一桶金，五年后开出140多家连锁店，年收入1.5亿元，随后，直奔互联网电商,四年营收突破10亿元,经过十多年的打拼,创立的"百草味"品牌享誉大江南北,如今他又创立"自嗨锅"新品牌,风靡市场。自嗨锅属于方便健康食品,不用火不用电,一杯凉水就可以加热做出一碗热腾腾的米饭。武汉发生新冠肺炎疫情,医务人员吃不上热饭,他当即捐出价值500万的自嗨锅救援物资,昼夜兼程送到武汉多家医院。接着,他又向深圳抗疫一线的医护人员、志愿者、环卫工人捐赠总价值达70万元的食品。"感谢!前方有你,放心!后方有我!"这句由自嗨锅发起的口号,蔡红亮身体力行在做,在救援最紧急、最需要的时候,他宁可不卖,也要先捐出去。信义和仁爱,就像遗传基因,无论走到哪里,始终烙刻在蔡氏后人身上。

富裕起来的梓誉人将办厂、经商换回的财富,建起了足可与城里人相媲美的现代化小区。蔡中平新家安在梓誉新区,与老村相比,这里规划更大气,建筑更合理,有排屋、有高楼,道路宽敞,花木葱茏,据说是目前磐安规模最大、环境最美的农村社区之一。小区新建,根脉相连。一到新区入口,我们就看见立着高大的乌石牌坊,四柱墩立,壮观巍峨,雕龙刻狮,匠心可鉴,"桑梓誉重"四个鎏金大字庄重浑厚,两边对联溯古追今,"梓乡存古韵尚有堂构精工宗祠重誉""理学续新篇可见人才辈出局面宏开",昭示着古村悠远的历史和今日之风貌。我们漫步小区,庭院、茶席、盆景,真有点惊诧这是农村社区,坐一下,喝杯茶,吃块糖,暖心的话语、亲切的招呼,乡音乡情纹丝未变。

当我们转了一圈,从小区出来时,迎面看到牌坊的另一面,"九儒遗风"四字居中,两旁刻着"襟溪钓月幽涧弹琴十里澄波高士曲""笔架留晖苍松弄影四周静謐古贤心",道尽了梓誉的山水风光以及蔡氏后人的恬淡心境。中午,蔡中平在家里招待我们,冬笋咸菜腊肉煲、萝卜皮炖豆腐、山野菜,还有土锅蒸的玉米饼,满满的家乡原味,好几个

精雕细琢的牛腿

下厅民居院景

文友连吃了几个,大呼好吃、过瘾。房子宽敞明亮,用的却是老旧八仙桌、褪色长板凳,中平说,不是买不起新的,红木也买得起,就是这些老家当用起来特别舒心,一直就没换。我想,没换的不仅仅是家当,而是蔡氏家族不变的初心。

有人说,梓誉之美,美在山水。村庄三山环抱,襟溪一衣带水,座座石桥把错落有致的古民居紧连在一起。梓誉人享受着山水恩泽,整个村落稳重中不失灵气,古雅中不乏清秀。有人说,梓誉之美,美在建筑。村内古建遗存丰富,各类合院有13座,古桥10座,那些精美的雕刻艺术,意象的美学结构,丰富的文化内涵,远远超过了建筑本身,是一部乡土建设艺术教材。

是啊,秀美山水与古老民居和谐共处,自然景观与人文内涵交相辉映,这样一座清新如雨过天晴、沧桑如斑驳岁月、厚重如大地山川的古村落,人们没有理由不被吸引,不为之倾倒。"桑梓誉重育仁德,理学名宗传道义",这副悬挂在村历史文化研究会门口的红对联,时时映现在我眼前,我想,梓誉之美的内核或许就在这里。多少个来来回回,多少次寻寻觅觅,就为找到这深藏的古村密码。

横梁雕刻(局部)

寻道梓誉

文／姚徐刚

五年前第一次听到梓誉的名字，以为是"紫玉"二字，心想在这到处以坑、岭、溪、厂为地名的山区，竟然有如此悦耳的名字，真是一枝独秀。后来知道是梓誉二字，更是拍案叫绝，能够取如此儒雅的名字，想必这里一定有非常独特之处，一直想到实地走访，探查这名字背后的故事。

因工作忙碌，此事也被一直耽搁，前几日有老师约起赴梓誉采风，终于一遂多年心愿。

梓誉分老村、新村和工业区三大区块。一条叫襟溪的小溪如玉带围绕着老村，溪水潺潺，宁静而透亮，间或有菖蒲绿油油地伸出水面，我们一路沿襟溪而上，探索这山中村落里隐藏的秘密。

老村最为知名的是村口的蔡氏宗祠。进到这个省级文物保护单位的家族宗祠，仿佛进入了一个东方文明的入口，从这里我们一点点地回望一条古老江河的源头。

周武王十一年（前1046），周武王灭亡商朝，建立周朝政权，史称西周。周武王还将商朝的遗民封给商纣王（帝辛）之子武庚（禄父），与诸侯同等地位，以奉持他祖先的祭祀不致断绝。

周武王因为武庚还没有心悦诚服，恐怕他有异心，便让蔡叔度和

襟溪边的农居

襟溪滩边

管叔鲜、霍叔处辅佐、监督武庚，一起治理商朝遗民。

蔡叔，姬姓，名度，世称蔡叔度，周文王姬昌与太姒所生第五子，周武王姬发同母弟，周初三监之一，蔡国始封君，蔡姓始祖。

至此蔡氏一脉从殷商旧地，承周姬血脉进入中华文明的源流。

蔡叔度一开场就轰轰烈烈干了件大事。

公元前1043年，武王因疾离世。太子姬诵继位，是为周成王。成王年幼，由周公代行王事。武王的弟弟中管叔最长，按照兄终弟及的惯例，他最有资格摄政，因此武王的遗命被他认为是遭到了周公的篡改，蔡叔度和管叔鲜、霍叔处怀疑周公旦要篡夺王位，三人心里愤愤不平，终于在周成王二年(前1041)，三人扶持武庚一起反叛周公旦。

历史大多是由胜利者而写，周公旦成功镇压三位兄弟后，将之定性为叛乱。而此次兄弟之间的对立，刀兵相向，在中国历史上，被无数次的模仿和复制，甚至是升级。

长幼嫡庶，这个命题一被抛出，就是几千年的沸腾，几千年的纠结。立长还是立贤？立嫡还是立庶？兄终弟及还是子孙绵传？

人类历史中许多的民族都自发地采用嫡长子继承制，这样才能更好地保存家族的整体实力。但是一旦出现嫡长子不能真正有效地保护家族产业，也就违背了祖先的心愿。比如，著名的白痴皇帝晋惠帝，按照嫡长子继承制统治国家，说出了"何不食肉糜"这样的昏君之言。

周朝从立国之初就面临着中央权力与地方势力的对立和平衡。周公旦制定了周礼，开启了一个王朝的新局面。简而言之，它制定了一种社会稳定的框架。以礼仪的形式巩固了各种平衡，维护了等级的体系，使各种势力不敢相互僭越。

原本这是一种相当美好的体系，甚至因此而保障了周朝八百年的统治，而打破这种体系的，恰恰是周朝的王者自身。周幽王烽火戏诸侯之后，地方诸侯对中央的权威和信任降到极点，终于在公元前771年，犬戎攻破周朝王都镐京，周幽王被杀于骊山。周平王继位并于公元前770年迁都于洛阳。

而这次迁都直接导致周朝王室失去西拓疆域的空间，只能在中原腹地不断地封分越来越狭小的王室土地。当周王室的土地没有再可分封的空间时，一切诸侯贵族上升的通道被彻底封死，整个王朝失去了初始的勃发之力。

人性的贪婪与欲望像一头猛兽冲撞着原有的体系。王室所推崇的礼制开始变得摇摇欲坠。

一个被后人所嘲笑的事件，预示着旧有次序的逐渐消亡和新规则的重新建立。

公元前638年，宋襄公讨伐郑国，与救郑的楚兵展开泓水之战。

楚兵强大,宋襄公讲究"仁义",要待楚兵渡河列阵后再战,结果大败受伤,次年伤重而死,后葬于襄陵。

宋相公被后人嘲笑为迂腐。但是他却是那旧有体系的维护者,是贵族精神的传承者,当仁义精神被失落,以胜败为终极的权衡、阴谋和诡诈战胜了光明磊落,华夏文明的精神层次直接降维。

公元前403年周威烈王命韩虔、赵籍、魏斯为诸侯。到公元前376年,魏武侯、韩哀侯、赵敬侯瓜分了晋国公室。作为一个标志性事件,开启了礼制崩坏的先例。原有的秩序,被撕开了一条更深的口子。以实力和拳头来说话,成为一个新的时代的行为准则,而贵族精神也在瞬间衰落。

在公元前206年到公元前202年的楚汉之争中。手握刘邦家人性命的项羽,面对刘邦在父亲被杀时厚着脸皮说:"吾与羽俱北面受命怀王,约为兄弟,吾翁即若翁;必欲烹而翁,幸分我一杯羹!"一副流氓嘴脸的刘邦终于从心理上彻底击垮了贵族出身的项羽。

带着周秦贵族遗风的项羽最终落败自刎乌江。

周礼的崩塌使中华民族陷入第一次深层次的精神危机和政治危机。于是有无数的先贤开始重建民族的精神架构。百家争鸣的时代,有人抛开原有的周礼体系,另起炉灶,比如墨家、法家。也有人在周礼的基础上不断的演化提升,比如儒家。

公元前551年,孔子出生在鲁国。犹如一道闪电,在动荡不安礼乐崩毁的时代,开启了一条新的路径,延续着周礼的仁义核心。从社会管理形态的角度不断地延伸,直至丰富出每一个生命个体的道德准则和行为准则。

在暴力的刀光剑影之中让人豁然开朗,看到满目苍翠与鲜艳的花朵,人性的光辉再次被拾起。

古村深处

孔子与弟子一起不断地游说,背起道义的大旗与这暴力的世界进行抗争。

终于经过战国的纷乱,儒家的学说从汉朝开始被立为国家的精神支柱。

对于孔子和儒家学说,有两个极端对立的观点:一方认为天不生仲尼,万古如长夜,是他缔造了经久不衰的中华文明。另一方则认为三纲五常的等级制度和对社会的控制力,导致国人在原地踏步,失去了开拓进取的精神。

其实孔子只是希望一个社会不要有太多的暴乱,有太多的欲望。人心是个无底洞,过分的权力追求和对财富的贪婪,导致的是你死我活的纷争,一将功成万骨枯,那些黎民百姓终将是权力顶峰者贪婪的牺牲品。有人心的收敛,才能收敛这世间的痛苦。

人不能单单追求权力和物质的享受,更要追求那至高的道,世间

观马头墙

的真理。人道与天道的合一才能万物安宁,世间太平。而追求至高的道要从每个人自身做起。

《礼记·大学》所言:"古之欲明明德于天下者,先治其国;欲治其国者,先齐其家;欲齐其家者,先修其身;欲修其身者,先正其心;欲正其心者,先诚其意;欲诚其意者,先致其知,致知在格物。物格而后知至,知至而后意诚,意诚而后心正,心正而后身修,身修而后家齐,家齐而后国治,国治而后天下平。"

蔡支分祠

大风起于清萍之末,个人的细小修为都终将是为了治国平天下的宏伟大业。用路径的正确,来规范目标的正确。

五胡乱华时代,是一切法度失衡的时期。那些从荒原与森林中走来的草莽民族,将刀锋与战火,遍布于中原大地。人性中潜伏着的原始野性如脱缰野马,踩踏着一切伦理道德,蝼蚁小民命比草贱。

墙头变换大王旗,一座城市和一个国家都不知道自己明天的命运。这还不可怕,可怕的是天下的道统绝亡了,人世间善的力量被恶所掩盖。天下的读书人再也坐不住了。

天下人该何去何从? 如何面对这苍茫大地?

北宋大儒张载喊出了旷古烁今的名言:"为天地立心,为生民立命,为往圣继绝学,为万世开太平。"打开了一条气象恢宏的理学之路。

桑梓誉重

钟英堂厢房檐上的活络式木雕格扇窗

在这条路上有许多名字无法绕过。周敦颐、邵雍、张载、程颢、程颐、司马光等，但是当朱熹出现，理学真正开始进入顶峰时代。

朱熹(1130年农历九月十五日—1200年4月23日)，字元晦，谥文，世称朱文公。祖籍徽州府婺源县(今江西省婺源)，出生于南剑州尤溪(今属福建省尤溪县)。朱熹的一生可谓波澜壮阔，入仕为官，经历赈灾、剿匪、抚民、主战、辞官、罢官等。而在这纷繁复杂的岁月里，他用极大的耐心从源头开始梳理儒学的思想脉络，并提出自己全新的见解。

朱熹的哲学体系以程颢兄弟的理本论为基础，并吸取周敦颐太极说、张载的气本论以及佛教、道教的思想而形成。这一体系的核心范畴是"理"，或称"道""太极"。理是伦理道德的基本准则，朱熹称之为太极，是天地万物之理的总体，即总万理的那个理。

天地之理，超乎万有，世间百态不可违之。理即是至高的存在。与理相悖者，自然自取恶果。他的格物致知论、人性二元论，动静观，美学思想，教育思想，科学思想。无不对后世产生了极其深远的影响。

中国的历代先贤与西方文明的先贤一样，都是在不断地探究这世界的终极真理。孔子说，朝闻道，夕死可以。朱熹认为，天理是超乎于我的存在，作为个体要去无条件地服从这个外在的规范。要不断地修正自己，改良自己，让自己合乎这天理的标准。削减一切不合理的欲望，为人生做减法。

如果说朱熹是中规中矩从点点滴滴改变自身开始，比他晚三百多年出生的王阳明则仿佛是一朝顿悟，从贵州偏远山区的一个棺材里面，悟出了我心光明，悟出了致良知、知行合一。人道与天道之间形成了高度的契合。

在这人文道统的不断优化过程中，理学可谓承上启下，是古典知

桑梓誉重

识分子寻求自身与世界和谐的努力尝试。

而在理学的发展脉络中,离不开一个伟大的家族,福建建阳蔡氏家族。人称南宋蔡氏九儒,包括蔡元定父子祖孙一门,四代共九人,即蔡元定,元定之父蔡发,元定之子蔡渊、蔡沆、蔡沈,蔡渊之子蔡格,蔡沈之子蔡模、蔡杭、蔡权。

蔡元定(1135年12月17日—1198年9月11日),字季通,学者称西山先生。幼从其父学,七岁能诗文,25岁师事朱熹,朱熹见其文才渊博,称其为老友,不在弟子之列。

一个弟子可以被老师以友相称,这是何等大的才干与聪慧。也可想见在理学的发展成熟过程中,他发挥了多大的作用。而这还只是蔡元定一个人的作为。一门九儒,钻研理学,发扬理学,对两宋的文化,乃至整个中国文化的传承与发展,都是居功至伟。

难怪朱熹要手书"理学名宗"赠予蔡氏家族。此匾至今仍然悬挂于梓誉蔡氏宗祠。

朱熹反复强调"格物、致知、诚意、正心、修身、齐家、治国、平天下"八目,希望通过匡正君德来限制君权的滥用,引起宋宁宗和执政韩侂胄的不

祠堂屋顶一角

满。韩侂胄又将理学诬为"伪学"，进行打压逼迫。朱熹在暮年，无可奈何地迎来一场人生的暴风骤雨。福建建阳蔡氏一门，面对山雨欲来的逼迫，在山重水复疑无路的大山深处，找到了一个可以躲风避雨的栖身之地。

磐安是一个神奇的地方，素有群山之祖、诸水之源之称。巍巍大盘山，从浙中腹地绵延四方。千峰万岭中有无数可以自由栖息的天堂，这里是落难者的港湾，是逃避追杀的逃城。南朝昭明太子隐居大盘山，读书采药。周敦颐的九世孙周若泗避乱来到横路隐居，孔子第四十七代孙孔端躬扈驾宋高宗皇帝，在乱世之中隐居榉溪。

如今理学名宗，蔡氏大儒，也来了。一个个文化巨匠在这里扎根，在寄居的山野之间，传承着的不灭的中华道统，磐安这方土地也越发地厚重起来。

一代一代地斯文相传，文化的力量终于如梅花般绽放。在蔡氏宗祠的门口，有两座旗杆石，代表着梓誉的蔡氏子孙曾经出过两位进士。一个村子能出两个进士，不是件简单的事情。在明代276年历史中，科举次数为89科，总共录取了24866名进士，平均每科279名，每年90名。假如我们以2013年全国录取的6.7万名博士生人数与明代

平均每年录取的进士人数进行比较,则为744:1。换句话说,我们今天一年所录取的博士生总数就远远超过了整个大明王朝276年所录取的进士之总和。所谓十年寒窗无人问,一举成名天下知。若非深厚的家学渊源与文化底蕴,以及世世代代对文化的至高敬仰,能够考出两个进士,在这样一个偏远的山村,几乎是不可能的。

蔡亨洪原本家贫,给人做长工,却不忘读书以明志,终于考中了进士。发迹之后,在梓誉村修建钟英堂。

进入钟英堂的游人,都有万千感慨,无论是砖雕、木雕还是石雕,都是精细微妙,栩栩如生,令人叹为观止。尤其是梁上的狮子绣球,雕工极其精湛,两只狮子仿佛都在思考,从哪个方位去抢绣球,绣球有大面积的镂空,若非极有经验的顶尖东阳木雕师傅,难以做到这般丝丝入扣。而在这两只狮子身后各有一朵盛开的花朵,其形其状,与真花别无二致。

在钟英堂细心品味,终于明白蔡亨洪为何要花如此功夫来造一座庭院,不是为了炫权炫富,而是要给后人留下一份具象的精神产业。

每一组雕刻都有背后的故事,每一处纹路都有主人的情怀。正如朱熹与蔡元定所倡导的,要改变家国的命运,先改变自己。哪怕是一座偏远山村的房子,也要用匠心做到细致入微,无可挑剔。再将那些为人处世的道理,贯穿在整个建筑当中。子孙后代见到这一砖一瓦、一墙一木,也都能够被深深地教育,从中悟出天道与人道。物格而后知至,这几百年前所留之物,所传之家道、文脉,正是蔡氏后人最为宝贵的。

桑梓誉重,先祖的荣光和思想,蔡氏的历史与命运,都成为蔡氏后人与生俱来的印记与使命。桑梓誉重,有了这深深的乡土情怀,也必定会有更厚重的家国情怀,以及为天下人而担当的胆魄。

读懂了梓誉，也就读懂了人性的善与恶；读懂了梓誉，也就读懂了历史的残酷与人性的光辉；读懂了梓誉，也就读懂了中国知识分子在苦难中的挣扎与盼望。

梓誉的历史丰富而迷人，如襟溪的流水一样不断浇灌着这方土地。梓誉有太多美丽的痕迹，如一座美丽富饶的玉矿。温润如玉的蔡氏后人，将来必定会让这方乡土更加芬芳。

等候一场雨

文 / 胡海燕

冬至后,乡村开始空闲,该收的收了,该藏的藏了。最大的事情无非是等待下一个春天的来临。这一日,天空青灰色,一场雨即将到来。我们从县城出发,沿着十八弯的公路,追随一场雨。我们也想学一点乡村哲学,做一日"百事不管不问"的闲人。车子领着我们穿山越水,也将与今日无关之事一件一件抛在身后。我们变得很轻很轻,就像即将飘落的雨。

到达梓誉村时,雨还没落下来。这个隐落在磐安西南与东阳交界处一个狭长山岙里的小山村,颇有些世外桃源的韵味。清代文人古月筠游梓誉云:"万山深处见平畴,始信桃源不外求。"相传,先祖蔡元定之子蔡渊在1197年因避祸迁居顾岭,后入居梓誉溪口,逐渐形成为梓誉村。宋理学家朱熹见以蔡元定为代表的蔡氏人历代潜心研究理学,著书立说,贡献巨大,将蔡家定为"理学名宗",并手书墨宝以赠,匾额一直悬于蔡氏宗祠内。先辈为训诫子孙后代不忘朱熹所给予的崇高荣誉,从古文"桑梓誉重"一词中,择取中间两字"梓誉"为名。

当年,蔡渊避祸顾岭,下过一场雨。那是一场大雨,夹着凄厉的风,把长途跋涉的蔡氏一族浇得浑身透湿,心也浇凉了大半。他们从来不曾感觉自己那么轻,仿若从南方的天空流落至此,在这片陌生的土地上，激不起一丝水花。却也是那场雨，把所谓的功名利禄像烟云一样冲走了。他们从此决意扎根大山深处，潜心研学，耕读传家。他们日出而作，日落而息。天空下雨时，就和着风声雨声读书写字。雨一场接一场地下，池田水满，禾苗拔节，书声相闻，朴实而简单的生活，连同人心的安宁，在这片肥沃的土地上生根发芽。从此，梓誉慢慢繁衍成一个"诗书预兆人文盛"的风雅之地。

走进村口，仿佛一脚踏进旧时光里。一条名叫西溪的水流将村子一分为二，也将两种日色分开。新人新房新事物都去了溪流对岸的新村，留下老人老屋老路老桥过着老日子。大家各取所需，怡然自得。我们向往热闹时尚的新生活，却是越来越钟情这样的老村子，仿佛前者可以满足物质需求，后者可以安放魂灵。我们像一尾鱼，游走于各个角落，一寸一寸探寻关于古村的秘密。我们走过蔡氏宗祠，走过幽深小巷，走过古意葱茏的石桥，一脚跨进"钟英堂"。

两张八仙桌，八条四尺凳，一些文人雅士，面朝青山，以及院落之上的青天，聊聊诗书笔墨该是人生快事。最好还有一碗茶。青瓷大盖碗，雪白的瓷片，青色的图案。开水哧啦啦地冲进去，绿色的茶叶在水中翻腾，宛如升腾起一场舞蹈。茶香就这样溢满厅堂。

我们面山而坐，生出许多耐心，等待一场雨的降临。我们想，雨来了，很多东西就来了。比如烟雨江南的婉约、晴耕雨读的雅致，以及《从前慢》的安宁。还有，在雨中，那白的墙黛的瓦飞翘的檐角悠长的小巷静谧的院子哀怨的姑娘，以及我们的内心，就会生长出许多诗意来。雨来了，这些美妙的东西吸饱了水，会不断成长丰盈。

和我们一起等候的，还有一群狮子。它们潜伏在梁上，神情态度各不相同，如要跳起来，冲过去，伸出两只爪去抢去抱。它们个个铆足了劲要一决高下，却戛然而止，仿佛是我们吵扰了它们的欢乐。它们

古村老巷·

方才为了一个绣球闹得不可开交。那绣球也着实令人喜欢，圆鼓鼓的，镂空，布满精巧的花纹，接连处似断非断。一根飘带随风而起，似乎再吹一口气便会飞扬起来。一屋子的游龙也是瞬间停下来的。它们有的张牙舞爪，形容些许恼怒；有的憨态可掬，朝着我们挤眉弄眼；有的却是懒洋洋的，爱动不动的样子，似乎马上就要睡着了。它们的动作悬浮在空中，蓄势待发。门窗上正咿咿呀呀唱戏的各路仙子、展翅欲飞的仙鹤，也定格在最优美的姿势。我们就这样，一起安静地等待一场雨的到来。

远山越来越迷蒙，白雾一层层压下来，越积越厚沉，随意伸一伸手便可扯下一块来。终于，雨来了。细细密密地，悄无声息地落下来。我看见灰蒙蒙的远山做了背景，一群细密的花针牵引透明的丝线斜织着一张天幕。上下翻飞的瞬间，丝线隐约可见。有时看不分明，转个角度再看便明朗了。或者干脆伸出手去，一丝凉意缠绕指尖。

雨真的来了。一时间，游龙狮子仙子仙鹤蠢蠢欲动，如要跃上青天去，拉开一场大戏。雨水晕湿黛瓦，青石板泛起油亮的光，一村子人无所事事，相互倾诉家长里短、得失人生或者家国大事，十分惬意。

在雨中感叹一些事物，抒发一些情绪，似乎长了很多底气，显得不那么矫情。我们赞美这村子让人安宁，称颂这一院子的砖雕木雕石雕巧夺天工，也羡慕前人诸多巧妙心思，愿意用"一天只求打磨一块砖"的工匠态度打造一个"家"。我们比较山里山外的世界，诉说眼前从前的故事，思绪迷离而遥远。其实，几百年前，有许多比我们更诗意的人坐在一场又一场雨中，说出许多好听的话。江南才子叶履仁见这一方雕琢之精细功夫，赞叹："土木之丽甲邑东南。"他们美其名曰"钟英堂"，并让当时五大才子之一戴文灯在落成典礼上挥笔题词。他们煮茶泼墨，见主人家亨洪公花鸟笔墨超逸有致，赞美"翁之画巧夺天工"。他们乐善好施,赠人米粮寒衣,建造义堂,广行善事,一时传为美谈。

在雨中奔跑是久违之事。这一天,我和随行队伍中一个7岁的孩子结成朋友。她也姓蔡,与梓誉村有着不一般的关系。他父亲说,往回推算几年,也是这里的人。她名雨萱,大概也和一场雨有关,出生时正好下着一场雨,或者和我一样特别喜欢这样的雨天。她正因为方才一路的山环水绕头疼不已,小小的眉心总皱着一小朵云。我逗她玩,喊她小小蔡,带她跑进雨中,去村里的小店寻找好吃好玩的东西。我们一家一家地淘宝,看见好吃的就买下。只是乡间的小店实用东西多,零嘴少,我们挑了最好的,又奔入雨中,到第二家小店继续淘,然后装了一大袋分给随行的朋友。平时十分普通的零食成了可口的美物,也许是这份土地给了它们温情。看着大家开心的样子,我仿佛看见小时候,我和小伙伴们一起从村口的小店买到村尾,而后跑到大树底下一起分享。那份乐趣过去很久了,却在这个日子悄然归来。小小蔡吃着上好佳,眉头舒展开来,浅浅的笑挂在脸上。她若即若离地靠在我身边,吃一片就递给我一片。一时以为人生快意莫过此。

村落鸟瞰图

古村雪景

梓誉印象

文 / 曹香玲

　　梓誉村我已去过三次，好像"丈母娘瞧女婿，越看越欢喜"。 印象中梓誉与双峰乡大皿村有些相似，村庄皆沿溪而建，溪里鱼儿成群摇摆，溪边妇女在洗衣、洗菜，小桥、流水、人家，一幅江南村庄之画，镶嵌于青山翡翠之间。清代文人古月筠《游梓誉》一诗所云："万山深处见平畴，始信桃源不外求。东转琴山迎我笑，西来襟水抱村流"。

　　这两村皆有进士和古建筑，梓誉村有蔡亨洪、蔡守辉、蔡希杰、蔡成业等岁进士四名，留下了钟英堂、翔和堂等古建筑，透出当年深山学子功成名就的荣华。

　　这两村皆有良好的家训：羊氏家训和蔡氏家训，清道光癸未年重印的《蔡氏家训》就于家谱之首载有："吾族以先祖理学传家，谨采先正之易知易行者载之谱端。"

　　而梓誉村因蔡氏祖先对理学的研究与传播，文化更源远流长，这点与桦溪村又有相似之处。桦溪在南宋建炎四年（1130），孔子第48代裔孙大理寺评事孔端躬根植桦溪，开启了乡土儒学文化。而在公元1197年，号称"蔡氏九儒"之三的蔡渊，携长子蔡诰在婺州一带研讲理学，因理学被打成"伪学"，而避祸于现梓誉的顾岭，后蔡诰定居此地，并冒着被诛的危险，将理学悄悄地传予儿女、儿女的儿女，使"存天

下厅民居侧门

理""仁义礼智信""格物致知"等文化像蒲公英的种子，在山野里播撒，代代相传，直至今日。

假设没有蔡元定（蔡渊之父，南宋著名理学家，梓誉人尊称他为"西山公"）、蔡渊和蔡诰，会有今日之梓誉吗？我对着蔡氏宗祠里西山公和夫人的塑像鞠躬叩拜，感谢他们亦祖亦师。

我第一次去梓誉时，觉得梓誉的村名很特别，不像我们常见的"某某山""某某坞""某某水"等村名。据史料记载：宋庆元元年（公元1196），该村的始祖蔡诰的孙子蔡炎，投军抗金，攻入金国都城，屡建功勋，受封为行营都使。因父病告假回老家安仁里溪口购屋居住，他为了教育子孙后代不忘"理学名宗"的荣誉，便从"桑梓誉重"的词里选取两字作为村名。从此，该村由安仁里改为梓誉，蔡炎成了梓誉的第一代村民，并在山沟沟里为乡间族里传播乡土理学。

朝龙庙

村民自己的文艺晚会

　　村名梓誉沿用至今已八百多年。"桑梓誉重"这块匾就悬挂于蔡氏宗祠里。《诗·小雅·小弁》有云："维桑与梓，必恭敬止。"意为见到故乡的树木就会联想到是先人手植，要满怀敬意地去爱护。

　　还有一块"理学名宗"的匾也高悬于蔡氏宗祠里，此匾褪色的字迹斑驳点点，像一本厚重的史书，昭示着梓誉的历史。

　　公元1198年，残阳依依不舍最后几抹余晖，顾岭传来归雁的叫声。蔡渊悲伤顾盼，山岭迷茫曲折，回福建建阳为父亲蔡元定奔丧之

下厅民居正门

路何其漫漫。想起父亲四十年来跟随朱熹研究理学,著书二十多册,却不料因权奸韩侂胄制造"伪学案",被判朱氏理学的羽翼之罪,被贬道州。父母之恩,昊天罔极,蔡渊决定回建阳为父亲守孝,但一直跟随他的长子蔡诰怎么办?蔡渊想自己此去前途未卜,理学之冤不知何时能昭雪?而顾岭山清水秀,天高地远,是避祸的好地方,便让长子蔡诰留在顾岭。父子一别,天地两漫漫。蔡诰泪如雨下,跪在地上给父亲磕头,说:"儿子无论在哪,无论离您多远,都不忘教诲。"蔡渊扶起儿子,便拿来一块朱熹亲手题写的"理学名宗"之匾,说:"此为朱公子之墨宝,乃传家之宝也。"蔡诰抱着匾,如接过一份沉甸甸的"朱氏理学"责任状。蔡诰践其行,在顾岭脚下耕读、安家,生五子,"自婴孩便加教训,教其勤奋节俭,导以礼度,子有规识,教以义方"。

公元1207年,南宋权奸韩侂胄被诛,理学家蔡元定平反昭雪,此时,蔡诰辞别父亲已十年。蔡诰家眷重,返归建阳未能成行,他曾叹道:"屡作归计而不可得,生离桑梓,死且离先人邱陇矣!"

一个孝字,让蔡渊山一程、水一程,从顾岭回福建建阳,为父亲守孝;一个孝字,让蔡诰遵父命,留在顾岭,虽独倚楼,思如扣,但他勤劳耕种,教子有方,恩泽百姓。后人为了纪念蔡氏祖先建造了蔡氏宗祠。

宗祠文化维系着亲情,是血缘的纽带,是敬祖的体现。

在蔡代宗祠里挂的第三块匾就是"孝思"。"永言孝思,思孝惟则。"《说文解字》解释篆体"孝"字云:"善事父母者。从老省,从子,子承老也。""孝"字写的就是老人与子女的关系。

梓誉多孝子。我的亲戚海英就嫁在梓誉村,平时夫妻俩在安文上班,公公婆婆退休后就在老家梓誉。她家老屋就在襟溪边,房前即可洗衣洗菜,房后即可种菜种豆,坐在门口即可看水草吐绿、鱼儿嬉戏,两位老人在梓誉自得其乐。

平时,我常听海英说:"婆婆身体不太好,有人听她唠叨,她就宽心多了。"有一次,海英与婆婆通电话达四十多分钟,而且通话声音一直很柔和,我想婆媳之间能如此心贴心交流的,恐怕不多吧。

因爱人工作脱不开身,便由海英陪婆婆去一家大医院看病。医生问海英:"用国产药还是进口药?"她不假思索地说:"用进口药。"医生提醒说:"进口药贵,又不能报销,你是女儿吧? 要不要与家人商量一下?"海英说:"我是媳妇,不用商量了,就用进口的。"当时医生诧异地睁大眼睛,说:"这么好的媳妇啊!"其实海英上班也忙,但总能把工作与家庭平衡好。

祠堂内景

梓誉多文化人。这不,在村文化礼堂边,我和彩虹、锦霞三位同学,竟遇上了我们初中的班主任蔡新华老师。原来蔡老师得知我们在梓誉,就过来了。我不知蔡老师是梓誉人,本该先主动去拜访的。见

鹊尾式四级马头墙

面自然十分惊喜,他叫我的名字还是曹字低而长,香玲两字快而扬。蔡老师仍戴着眼镜,瘦瘦的,笑眯眯的,除了多些白发,我还真找不出岁月的痕迹。当年我们是安文区域的重点初中,蔡老师教我们数学,戴着一副近视眼镜,看上去很儒雅。记得自习课时,蔡老师不知何时一声不响地站在教室门口,吵闹中的同学突然发现,顿如木偶般地不知所措,蔡老师把他们叫去谈话,一会儿他们低着头回来,做个鬼脸,不再交头接耳。我很少看见蔡老师发火,但同学们都会乖乖地听讲。

往村口走回时,又遇上了一位蔡老师,也曾是老师的彩虹亲切地上前打招呼。彩虹说:"梓誉村里当老师的有好多个呢!"这让我想起三年前见过的蔡琪星老师。当时,我和驴友路过该村,发现屋檐下坐着一位老者,戴着眼镜,手握凿子,在贴有白纸红花的木板上刻着,旁边堆着三角灯、八角灯、荔枝灯等"无骨花灯",蔡老师把灯罩在灯泡上，开关一按，灿如红花。后来听说蔡老师在整理梓誉村史，一问近况，却已故，心里顿生凉意！蔡琪星老师是一位热心的文化人啊！

文化根植于土壤。梓誉村素有"十八书箱"之称，村规里早就有"养贤田"的制度，刻苦读书取得功名的人家可得一分"养贤田"，以奖励读书之家。新中国成立前村设有三个蒙馆，新中国成立后曾办过初中、高小、高中。教育出了四位岁进士、九位庠生（秀才）、二十多位太学生，新中国成立后在外工作的有一百三十多人。

八百多年，襟溪源源不断，哺育的村民由数人到两千多人。蔡氏子孙传承西山公"独行不愧影，独寝不愧衾（其意为被子）"的美德；践行着"蔡氏子孙，须遵祖训，以理学道德规范量身"的家训，留下了文化遗产——省文物保护单位蔡氏宗祠和钟英堂。而在新区，有田园式的崭新房屋，更有大气的牌坊、简明的村史，让更多的后人了解理学的点点滴滴。2019年1月，梓誉村入选第七批中国历史文化名村。

"梓乡存古韵尚有堂构精工宗祠重誉，理学续新篇可见人才辈出局面宏开。"来"樱花小镇"双溪乡，你可以三月看樱花盛景，更可随时来梓誉闻"九儒遗风"。

理学寻踪

这是一条自南宋而来的溪

文 / 范泽木

引　言

晴天的前一天是阴天，我们到达梓誉村。

"梓誉"一词在我心中熟稔已久，然而其实还隔着山高水远的遥远。透过文字才了解村口的两座山，是琴山、狮子山，穿村而过的溪谓襟溪。比起那些统统被称作"坑"的小河，襟溪实是鹤立鸡群。梓誉是理学之后，对于村里的一草一木、一沟一渠，称谓都极其讲究。

是日乌云压境，空中还飘着零星的细雨，在梓誉村的街巷里闲走，很容易就濡湿了头发。白色的雾霭从山顶一直漫到山腰，使整个梓誉村呈现出云遮雾障的迷离感，襟溪仿佛从云上而来，往虚空而去。

前几日的雨水把襟溪喂得饱满、丰沛，原本清澈的水泛起些许蓝白色。村里的老人说，这是一条很特殊的河，先人言"西水过东，北方迎归水"。恍惚中，觉得这是一条历史的河，是一条闪烁着理学光彩的河。西水过东，在地理上的特殊性我知之甚少，仅是隐隐觉得与流入东海的某条大江遥相呼应，然而既然先人觉得它有特殊性，就一定有某些层面的卓尔不群之处。

襟溪忧容

襟溪在一千年前的某个时刻,肯定有过不安,是那种千里念儿归的不安。

当韩侂胄与赵汝愚逼宋光宗退位,南宋新一轮的历史已经在书写,政治的天空开始风起云涌。韩侂胄是北伐派,经过宋孝宗与宋光宗二位皇帝的"无为而治",南宋迎来"小阳春",呈现出已可与金国一战的气象。韩侂胄一直在等待,等待养兵千日用兵一时的契机,然后

村落全景图

把金国一举歼灭。赵汝愚则主张韬光养晦,欲攘外则必先修己。于是,他请朱熹到朝廷讲学,荐朱熹为焕章阁待制兼侍讲,主张以理学治国,待时机成熟,攻打金国。两位大臣皆有大志,只是当下的目标迥然不同。

眼看赵汝愚与朱熹结成政治同盟,自己失宠,韩侂胄自感憋闷不已,决计铲除赵汝愚这一绊脚石。他以赵汝愚是宋太宗的八世孙,同为赵氏子弟,一旦赵汝愚起了谋反之意,南宋江山危矣为由,上奏宋宁宗,要求罢免赵汝愚官职。韩侂胄戳中了宋宁宗的软肋,在韩侂胄的连番上奏加之其他人的怂恿,宋宁宗把赵汝愚贬斥永州。赵汝愚被贬,第二年就去世了。

赵汝愚被贬后,朱熹自然也受到牵连,理学被定为"伪学",朱熹等56位当世大儒被列为"伪学逆党"。而与朱熹亦师亦友,合著了多部著作的蔡元定——梓誉蔡氏始祖也不能幸免。蔡元定被贬道州,在水土不服与苦闷抑郁中去世。

那一刻,襟溪之水是否也在挣扎,是否也在惴惴不安?

襟溪慈眉

蔡元定的儿子蔡渊,当时在婺州担任教授。"伪学"案起,凄风苦雨漫延至婺州(金华)。蔡渊的同伴好友都劝他先避避风头。也是,留得青山在,不怕没柴烧。蔡渊带着儿子蔡诰一家沿东阳江而上,到了当时还叫作安仁里的梓誉。

担忧已多时,此刻迎君归。这是当时襟溪的心理写照。如果有言,它肯定也喃喃,你是蔡元定的儿子,也是我襟溪的儿子呀。

当时,安仁里的各山岙口多个姓氏的人分散居住,黄姓住黄坞口,徐姓住徐坞口,陈姓住陈塘坞,施姓往施山头,厉姓住厉官坞口。蔡渊携子蔡浩,沿襟溪逆流而上,至顾岭脚。襟溪之水,在那一日欢腾,尽管蔡渊一家是来避难的,然而对襟溪而言,却像在迎接一场凯旋。

蔡渊至顾岭脚,见一方盆地,心中怦然一动。有时,一个人与一个地方的相会也就如两个人的相会,把电光火石的一刹那写成了永恒。

蔡渊一家在此住下,开荒拓野,朱熹赠蔡家的"理学名宗"一匾终于有了落处,理学之光在安仁里的田地上绽放。

过了一段时间,蔡元定去世的噩耗传来。蔡渊叮嘱儿子蔡浩:"吾奔丧回建阳,家门之祸未知其底,尔已有家室,暂留此地,而后再图归计。"于是,蔡浩一家留在安仁里,蔡渊回去照顾母亲。襟溪如果是一位母亲,此刻一定是倚门而立,目送蔡渊的背影在视野里慢慢小成一个点。

不过,它也可坦然,心道,终于把你们等来了。此刻,襟溪一定会隐去眉目间的忧愁,目善眉也慈。

襟 溪 微 笑

南宋抗金战争风起云涌,层层推进。随着蒙古元军的掺和,情况变得更加复杂。襟溪之水流得沉郁,流得忧心忡忡。蔡浩住在安仁里已经有一段时间,开荒置业,男耕女织,纵然外面的世界兵荒马乱,但蔡氏家族的发展沉静有力。

蔡浩的孙子蔡炎,少时就聪颖过人,有志有谋,立志报国。梓誉蔡氏一族迁到安仁里,其实是宋宁宗听信韩侂胄,继而实行"庆元党禁"的结果。襟溪,承载的其实是宋宁宗的决策失误以及韩侂胄去除绊脚石带给蔡元定一家的苦难。然而,在国家面前,蔡炎抛去个人恩怨,毅

横穿古村的襟溪

然决定报国。"朝廷多艰，也正是臣子报国之秋，我虽竖儒未获禄食，而效劳于君亦其分尔。"蔡炎带着仆人潘万七、潘万八兄弟俩应征。

南宋后期，宋军与蒙古元军联合攻金，蔡炎在孟珙部下屡建功勋。1234年，孟珙一众攻破金国都成——蔡州，灭金献俘。在抗金中，蔡炎智慧超群，艺高胆大，在神庙论功中，任行营都使。

正所谓"唇亡齿寒",南宋与元军联合抗金灭掉金国后,元军的矛头直指南宋。蔡炎跟随孟珙,精心练军,又投入到轰轰烈烈的抗元斗争中去。

1239年,蔡炎的父亲蔡松患病,蔡炎表示了回乡孝养父母的决心,于是回到安仁里。

襟溪再一次做好了迎接的姿态,像当初迎接蔡渊一家一样,满目热忱地看着蔡炎归来。

蔡炎回到安仁里,为纪念先祖的理学遗风,也为警示肩上担子之重,择"桑梓誉重"中间二字——梓誉,做村名。从此,安仁里成了梓誉,"理学名宗"终于迎来了新生。

尾　声

襟溪,从"庆元党禁"开始,就满目期盼,直到蔡炎回乡定居,终于有了尘埃落定的舒坦。襟溪目睹了南宋的风云际会,人情冷暖,它一直在场,又好似一直都不在场。它是大自然的清流雅韵,也是南宋政治风云的浅吟轻叹。

清代文人叶蓁有诗云:

> 琴山一曲抱流泉,
> 幽响冷冷近自然。
> 从此洗将筝笛耳,
> 移情不复待成连。

沿襟溪逆流而上,泉水叮咚清响,像日常生活里锅碗瓢盆的轻撞,又似傍晚时分田间地头的吟唱。出了村落再往上,水声更加空灵,时而叮咚脆响,像泛音"地籁";时而几处轻吟,像散音"天籁"。它似母亲的手,环抱着梓誉村,更是一位饱经沧桑的老人,慢悠悠地诉说着朝代的故事。

　　襟溪,它流得深沉,也流得轻盈。它可以把厚重的故事说得轻巧,也可以把轻巧的故事说得深刻。

梓誉雪景

一支久远的歌

文 / 周梅玲

　　一走进村口，就看到环村而过的小溪，听到流水叮咚的音乐。潺潺而流的小溪叫襟溪，我想之所以叫襟溪，是因为它半围着村庄，从高空俯瞰像是镶嵌在村旁的一条襟带，所以得名的吧。而群山环绕下的村庄，东边有琴山，村口有狮山，山体不大不小，树木葱茏俊秀，又不遮挡视线。村里历来是宁静的，即使在人类改造世界的脚步越跨越大的今天，它依然闹中取静，自我悠闲着。究其因，一是因为村旁的公路不是省道，二是村里大部分是古典建筑，钢筋水泥的房子在新区另劈天地了，所以留下了安静。

　　村里始终不变的声响是襟溪水的叮咚声，在安静的乡里，它如一支自在的天籁之歌，那么清脆，那么安闲，与村庄有着天造地设般的和谐。襟溪水一直在歌唱，那时候蔡氏从远方跋山涉水而来，路过浙江，走进浙江的中心地带磐安，看到灵秀的江南有这样一块远离时局纷争而独自秀丽的桃源时，疲惫的心飞起来了。远来的蔡氏好想在这里歇一歇，喝一口山泉水，鞠一捧清水洗尘，而当他盘腿而坐稍事歇息的时候，听到了山泉的声音，像琴弦，像秘语，像召唤，使他突然萌生了知音的感觉。

　　能给山中小溪取出襟溪这样别出心裁之名的人，自然是不一般

慕名而来的游客

的，而村庄的名字也是不俗，它叫"梓誉"。在以什么"坑"，什么"岭"命名居多的山里，这样的名字是有文化的。村如其名，居住在这里的蔡氏先祖蔡渊，是宋时候的理学名家蔡元定之子，理学家朱熹因与其志同道合，曾亲笔授予蔡家"理学名宗"的牌匾，所以蔡氏在此繁衍后，为了让子孙万代不忘理学家朱熹所赠"理学名宗"墨宝所给予的崇高荣誉，就从古文"桑梓誉重"中选了"梓誉"两字为村名。

"梓誉"和"襟溪"是天作之合，琴瑟和鸣。以襟溪的音乐为背景，蔡氏把理学精髓也编成了歌：存天理，待人以理；仁政人伦人欲三教合一；民为贵、君为轻；非分之念不可有，非分之财不可取；仁、义、礼、智、信。祖先的理学之歌在蔡氏后人心里吟唱、传唱，在一方乡里开出文明的花。在理学思想逐渐淹没在历史大潮之后，这歌若隐若现，时强时弱，有时断章，有时长句，不间断展示自己独特的魅力，发出自己的声音。

村里的"蔡氏宗祠"是蔡氏文化的浓缩，它是省级文物保护单位，"桑梓誉重"和"理学名宗"两个牌匾高挂堂前诉说着历史。"钟英堂"和"下厅民居"，都充分体现了村庄的文化底蕴和品位。

　　我曾拍得下厅民居弄堂的照片,图片从一排木房子前方的侧门(俗称"水门")取景,两扇半掩的古旧木门上贴着"春风得意""万象更新"的春联,里面是一排灯笼和木头门窗,同样贴着红对联。这样一幅古典风的图片,我一直舍不得删除,至今用在我的微信背景里,天天能看到,也让朋友看到。

　　木门和木房,是适合发呆的地方,可以聆听,什么都不必做。我从村里走过去的时候,看到一个木头房的后门开着,家庭主妇在准备午饭,她把豆腐切得一条一条的,放在油里炸,再放咸菜进去炒。我问,咸菜是自己腌的吗? 她说是的,豆腐也是自己磨的。锅碗瓢盆发出叮当的声音,在宁静的村庄里,也能飘得远,像是几个间或响起的音符。

静谧的老村古街

也许是祖先的文化遗存,村里多的是爱好文艺的人,我认识一个卖鱼的人是梓誉的,他特爱唱戏,是婺剧和越剧,经常会在微信里发个戏剧段子给我听,然后告诉我,他儿子也喜欢戏剧,小学毕业就去金华学婺剧表演了,还发几个儿子学戏的照片给我看。襟溪边有时候会飘出笛子的声音,在晨昏之际,一声一声特别清脆,划过天空。笛声和水声,哗啦啦、呜呜呜,交织在一起,使村庄的意境更加丰满。常吹笛子的是一个退休教师,他会吹笛、会画画,还是村里文化活动的组织者。他就住在襟溪边,开门见溪,还开了个小店,常见到来来往往的人。这个蔡老师是热心的文化传承人,七十几岁的人会打字、写作,把村里的文化资料都收集起来编辑成本。我走进他家,看到七十多岁的农村老人在电脑前打字,真的是诧异了一下。

因为全村人志趣相同,村里文化活动很多,春节期间总有书画展,有文艺踩街,这些都是以蔡老师为主组织的。有迎佛、烧夜火、迎龙灯等民俗文化。到元宵节,别的村里的花灯是买的,梓誉村里的花灯都是自己做的。

因为机缘巧合,村里要写一首村歌,于是有人带我去见蔡老师,他给我提供了很多村里的资料。踏进梓誉的那一刻,我觉得梓誉本身是一支歌,一年年,一代代,来自久远又传唱不衰。歌词经过隆重的集体讨论后敲定,蔡老师告诉我,要写一个婺剧风格的歌,音乐要笛子伴奏的,这才合乎梓誉的风格。作品完成,婺剧风格的女声小组唱十分悦耳:襟水环流,琴山悠悠/山间桃源藏锦绣/理学名宗,誉重流长/东溪画里独存留……当歌声和襟溪水交织在一起,顿时有一种人从画中出,歌从古时来的感觉,新旧交织,时空交替……

翻越顾岭是吾乡

文／郑锦霞

　　这次的东磐古道之行完全起源于办公室间的午休闲聊。在谈到最近热播的纪录片《翻山涉水上学路》时,办公室的李主任说起他小学时身背干粮独自走20里山路,一人穿越茫茫山林,翻过高高顾岭,跨县去梓誉村借读。说到松鼠在树枝间跳跃,说到春天的漫天鲜红杜鹃,说起深秋这个时节一树落完黄叶的橙红灯笼般的野柿子,成功地勾起了大伙的兴趣,于是今年的职工秋游就定义为"重走小学路,畅游梓誉村"了。

　　由于这些年大力发展城乡交通,前面10里的羊肠小道了无踪迹。大伙走在平坦的乡村大道上说今天看来太轻松,李主任摸摸背上的砍刀不置可否地神秘一笑。果然,走到山脚就发现进山的小道上已经是黄茅遍地。看着一脸懵懂的我们,李主任幽幽说了句:"过了顾岭是故乡,要看梓誉美景,尝东江鲜鱼,就过来和我一起清道。"我终于明白他要背三把砍刀的缘由了。就这样,男同胞们齐心协力地在前面开道,我们一群吃货沿着山中小涧找螃蟹小鱼,顺便摘那些红玛瑙一般的酸果吃。经过四十多分钟的清理,久不见人迹的古道终于露出石砌的阶梯。李主任感慨地说,这个古道当年是磐安水路到东阳的必经之道,没想如今已青苔遍布,不知道山顶的骑龙庙是否还在。一路松

梓誉民居

涛做伴，鸟声作乐，时不时还有松鼠倏忽穿梭而过，引得几个敏捷的小伙追逐而去，却只捡得几个硕大的松果而归，大伙兔不得取笑一番。笑闹间，不知不觉八里长岭成功翻越。心心念念的顾岭，我来了！

只是骑龙庙已不在，原址上新建的是三隍庙。庙宇不大，三尊佛塑我也没有细看。我被庙堂里的那块石碑上的文字记载吸引了。我读着碑文，仿佛看见公元1197年蔡渊避祸而至，见岭上龙脉蜿蜒从此出峡，认为此地是风水宝地，适合崇尚理学的人们居养生息，便取名安仁里，就此定居；也仿佛听见1230年的蔡浩教其后代莫忘理学"忠孝节义""仁义礼智信"的道德伦理的谆谆之声；还仿佛听见抗金抗蒙将领蔡炎的"朝廷多艰，也正是臣子报国之秋，我虽竖儒未获禄食，而效劳于君亦其分尔"的铿锵之声……简洁牌文，让我对"桑梓誉重"的梓誉村更加好奇了。休整过后，我们沿着蜿蜒山麓，继续向梓誉村进

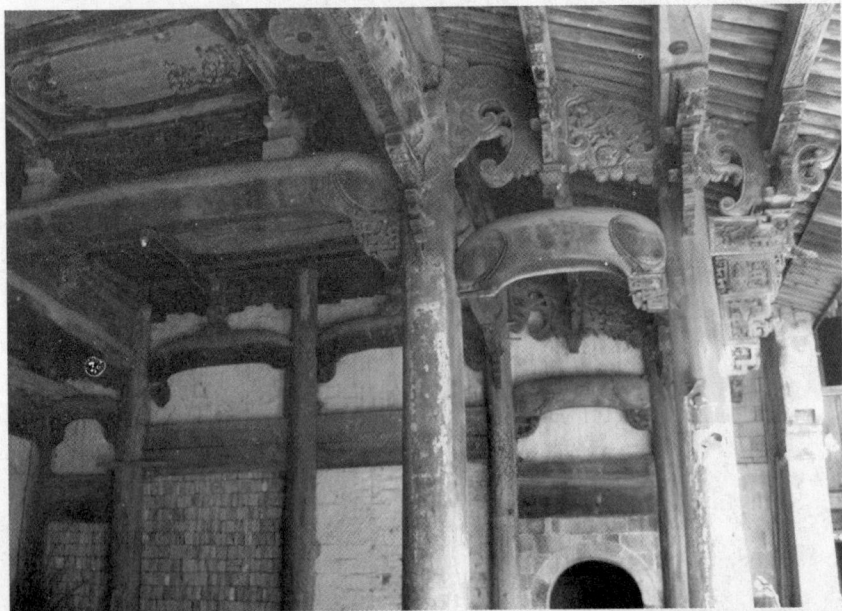

轩月梁木雕

发。大抵是有骑龙庙,不,现在应该叫三隍庙的存在,善男信女总多,这边的山路修整得比较平坦。路边到处是野芝麻菜和野苋菜。当一蓬蓬的野生五味子蓦然闯进我们的视野,只见一个个红里透紫的饭团俏生生地挂在高高的水杉上,引得大伙一拥而上,好不热闹。突然,前面转弯处又传来一声惊呼:"吓,好漂亮的柿子树!"只见三棵柿子树连成一排,树上已经没有了叶子,只有黄澄澄的小灯泡般的柿子精神抖擞地立在枝条上,衬着一碧如洗的蓝天,美得如此出尘,仿佛就像大地的精灵。李主任说这些野生柿子有八个核,所以叫八核柝,很少有人摘来吃,一般都是小鸟嘴里的美餐,人们眼里的美景。下山的路途很快,又过一个山弯,青瓦灰墙的村舍就在眼前了。

时间已经临近中午,空气中有了炊烟的香味。更有馋猫说已经闻到来红薯的甜香味了。

踏上青石板路,村舍就在小溪两边展开。村头四五位老者闲坐聊天,一条老黄狗趴着晒太阳,看到我们一行走近,也只是抬头一眯,摇摇尾巴又趴了,端的是从容不迫。几个老人看到我们这一群驴行装备的人,好奇地问了句:"你们走顾岭来的?"听我们说是从山店一路走过来,马上有热情的老人问:"要喝茶吗?我家有开水。"我们这群自来熟的家伙也真没有客气,加上走了近三个小时,杯中水也喝完,就真的跟着老人去她家喝水了。一进家门,老人拿来热水壶,一边又揭开锅灶盖,红薯的甜香扑鼻而来,热情招呼我们:"来来来,自己来拿,自家种的番薯毛芋,你们先垫点肚饥。我儿子一家今天要来看我,他们住义乌做生意。"原来这个老人的儿子带头在梓誉村办起了木制相框加工厂,带领村里近20个村民创办了相框加工企业,梓誉村一度成为磐安县第一个有村办工业园区的村庄,不仅带动本村大部分村民脱贫致富,甚至还一度吸引数百外来打工人员来村里工作。老人一脸自豪地介绍自己的村庄："现在我们村还有新区，那里基本都是洋房别墅，年轻人喜欢现代化，我这样的老骨头实在喜欢老家的好山好水，我几个儿子都在义乌杭州买房子，我不肯跟他们去住，我自己还能种种菜、和乡里乡亲的邻居聊聊天，日子过得可惬意了。主要是我们这个山溪的水好，喝起来是甜的啊！"

告别爽朗的老人，我们沿着青石板砌就的街道继续游览，青砖黛瓦的老房子静立在清清小溪的两边，单拱石板桥卧波两岸。桥板边的情态静静述说着久远，碰到的老人也大都是静默的，嘴角微微上扬就算是对来客的招呼了，整个村庄安宁祥和，倒是溪水里的石斑鱼不时游动着，闪起一片片银光和一道道涟漪，让站在桥上对水理妆的调皮姑娘嘟嘟嚷嚷。因为时间比较紧张，我们直接一路向东，来到这次游览的主要景点——蔡氏宗祠。

进门是天井，甬道旁是四座旗杆石。前厅三开间，穿斗与抬梁相结合，九檩前后用四柱，中间挂有一块宋理学家朱熹所书的"理学名宗"匾额。最让人惊叹的是牛腿雕亭阁和龙等图案，雕刻合理精致；绘以彩色动物和花卉，虽已数百年之久，但色彩鲜丽。穿堂抬梁式，两侧小天井；后堂三开间，穿斗与抬梁相结合，让人不禁赞叹古人的建筑构想。地面铺方砖，柱础鼓形。原柱上有许多楹联，但历史的风烟已经使字迹难以辨认了。门楼为牌坊式，设有斗拱。砖雕精美，正面彩色绘画以三国人物为主体，背面水墨山水为主体，雕刻绘画都非常精美，不愧是省级保护文物。

由于临时有任务，我们只能匆匆结束了这次梓誉行，但村民的质朴以及蔡氏宗祠精美雕刻都给人留下深刻印象。特别是村庄的安静典雅不禁让人有心安处，是故乡的感觉，以致在回程总结这次短暂之旅时，李主任又说了一句："过了顾岭是故乡。"

山水梓誉

文／虞彩虹

　　两个月后，我再次遇见蔡元定。是的，两个月前，我在《中国古代音乐史》上遇见过蔡元定，知道他在三分损益法求得十二律的基础上，继续相生六律，而成"蔡元定十八律"。只是，当时怎么也没想到，我会于不久后又遇见一个蔡元定，且彼蔡元定即此蔡元定。再次遇见，是在梓誉。

　　三十多年前，我曾站在西溪的水中央，那时，我就知道，若再顺水而下，不远处便有个名叫梓誉的地方。那是因为，总听人说，梓誉这个地方好，梓誉是个好地方，可是，他们从未细说梓誉为什么好，好在哪里，大约他们更愿把那份好藏在心里，大约他们觉得那好不是一时半会儿说得清。当初，望着西溪清澈的水流，我便坚信，一个水好的地方，一定错不了。三十多年后，一个细雨迷蒙的清晨，我终于走进梓誉。

　　这才发现，梓誉不仅水好，山也好。村口狮山、琴山两山对峙，村西以白鹤山为屏，山上多古刹。而说起梓誉这个村名的由来，有个怎么都绕不过去的地方，名叫顾岭，在村西的东磐古道上，那是梓誉蔡氏先祖的渊源。

　　追溯梓誉蔡氏先祖之河，得从周文王第五子叔度公说起。叔度公

千年古村 梓誉

中国传统村落

浙江省历史文化名村

浙江省美丽宜居示范村

受封蔡国国君，从此以国名为姓。蔡氏子孙绵延，到唐朝，蔡炉公从河南上蔡南迁到福建。蔡氏九儒之首蔡发为理学家，其子蔡元定亦为理学领军人物。朱熹晚年定居建阳考亭讲学，与蔡元定亦师亦友。蔡元定儿子蔡渊曾于婺州任路教授。蔡渊尊父训，常聆听朱夫子教谕。朱熹见蔡氏一门潜心于理学，欣然挥毫书"理学名宗"与蔡渊。关于蔡氏先祖的这些历史，宗祠里均有详细说明，但对于自己先祖蔡元定于音乐史上留下的印迹，却无一字提及，不知梓誉人是否知晓。

历史之河不会永远风平浪静。宋庆元元年（1196），因受"伪学"之累，当时正在婺州的蔡渊，携其子蔡诰避居顾岭，即如今梓誉村西之山岭。后来，作为抗金抗蒙将领的蔡渊的孙子蔡炎，便于安仁里溪口购屋，从此蔡氏子孙在此扎根发芽，开枝散叶。为让子孙万代不忘朱夫子所赠之荣誉，便从古文"桑梓誉重"中选了"梓誉"俩字为村名。只是，一个人的一个决定，给这个叫梓誉的地方带来多深远的影响，或许蔡炎自己当时都不曾料到；而一个地方能养育出怎样的一方人，或许当年的梓誉也不曾预料到。一个人、一个家族与一方山水结缘，似偶然，又似冥冥之中已经注定。是蔡炎选中了梓誉的山水，还是梓誉的山水看上了蔡炎，谁又能说得清呢？

但也有让你看得分明的东西在，比如蔡氏宗祠，比如钟英堂，皆为蔡氏先祖留下的浓墨重彩。

沿村口行百来步，便可见蔡氏宗祠。据载，蔡氏宗祠首建于1410—1420年间，后遭寇焚，又于明万历壬辰（1592）再次落成。牌坊式的门楼，有斗拱，亦有精美的砖雕，正面以三国人物为主体，背面以水墨山水为主体，均彩绘。抬头，一斑驳异常的匾额映入眼帘，原先黑色的油漆已大多脱落，但"理学名宗"四字还是清晰可辨。几百年的光阴，此匾历经沧桑，虽于祠堂遭遇火焚时躲过一劫又一劫，却在大炼钢铁时被当作洗铁砂的水席,"破四旧"中贴上报纸铺在房顶作了天花板才又躲过一劫。匾的命运,很大程度上也映照出人的命运,只是,有时,人,还不如一块匾额来得幸运。好在,于历史洪流的潮起潮落中,任铁砂磨洗,却无法抹去"理学名宗"四个大字,如同匾额可以遭受各种摧残、磨炼,而蔡氏的祖训却代代相传,那是一个家族的灵魂。

同是省级文物保护单位的钟英堂位于蔡氏宗祠旁。这里是雕刻艺术的殿堂,集石雕、砖雕、木雕等艺术瑰宝于一身。大门口的石门墩就雕有动植物花卉图案,鼓形青石柱础的雕刻图案更是生动多姿,坚硬的石头在石匠手里可以柔软成一朵朵鲜花,叫人称赞不已。厅堂两边的金字墙,全由精心磨制的方砖砌成。墙体平整光滑,其石灰砌缝厚度约0.5毫米,二百五十多年不变形走样。两边门垛也用磨砖砌成,上方雕满花纹图案,线条流畅。墙体下方是高约40厘米的墙裙,均由精细雕刻过的砖块砌成,锁壳杨花及图案之精美亦令人叫绝。据说,这样的方砖一天最多只能磨制一块。那么多方砖,那么多图案,又隐含了多少时间?而那一根根雕刻花梁,更是图案丰富,形象逼真。正中间一根雕有群狮抢球图,无论狮子还是绣球,皆为镂空雕。左梁百鹿飞奔,右梁百鹤翱翔。这些镂空图案颜色深浅不一,几无尘土,且油光闪亮。有人说是蝙蝠钻来钻去之故,亦不知真假,但着实令人称奇。两边厢房的门窗亦雕有诸多人物图案,精细异常,可惜所雕佛像的头部已残缺。这些残缺的木雕,静静地诉说着一段历史。我们徘徊流连于前,惊叹、惋惜、感慨……在这里,石匠、砖雕匠、木匠的身影无处不在,梓誉的山水、梓誉的历史体现在他们的作品里,而这些工匠,也藏在他们的作品中,跟我们对话。

历史终归已经远去。缺损的鼓形柱础、残缺的旗杆石、开裂的地砖,还有天井里光滑至极的鹅卵石,无不显示岁月的沧桑。和这些旧

梓誉民居

物相比，石板缝隙里鲜嫩的繁缕、硕大的马兰与黄鹌菜则充满生机，让人从浓稠的岁月中回过神来，感受到一丝轻松与明快。

走出钟英堂，是一条长长的青石板路，脚下的长条青石板发出柔和的岁月之光。虽然立冬刚过，可远山青黛，碧水长流。水，是穿村而过、自西向东款款而行的襟溪水。我已经很久没有看到像襟溪这样清澈

的水了，这样的水叫人变得诗意、明亮，备感生命的有趣。沿襟溪溯流而上，听流水潺潺，看石板小桥密布，心上有一种久违的明媚。溪边老旧的民居，蕴藉了多少年间的悠然与快乐。清古月筠《游梓誉》一诗曰："万山深处见平畴，始信桃源不外求。东转琴山迎我笑，西来襟水抱村流。"群山环抱的梓誉，的确予人"万山深处见平畴"的感觉。几近村头，忽见良田数亩，田边石屋数间，宽阔的石子路横亘于屋田之间。田里青菜碧绿，芥菜青翠，硕大的萝卜已经急不可耐地将半个身

民居鸟瞰图

子钻出地面。我想起故乡的老屋,门前小溪潺潺,隔着一堵矮矮的黄泥墙,便也是这样一片平整的土地……我悄悄地走进田里,仿佛一脚踩在了故乡的土地,泥土的气息亦瞬间从脚底升上来。这种人与自然之间奇妙的感应,是秘而不宣的。小桥、流水、人家,再加一亩三分地,是很多人的梦,亦是我的梦。我的梦,随着故乡老屋的消失而消逝,在这里,我重温了我的田园梦。

其实,梓誉不止有西溪,有襟溪,更有始于先祖至今一直流淌于梓誉人心中的一股清流。梓誉的耕地面积非常有限,但梓誉人尊儒重文,为鼓励村人勤奋读书,历代村规都有"养贤田"制度,刻苦读书取得一定功名的,可得一份"养贤田"以示奖励。因了这深厚的文化底蕴,梓誉人才辈出,当教师者亦众多。我属孤陋寡闻之人,在仅有的几个认识的老师当中,就有4人当过校长,而我敦厚儒雅的中学数学老师,就是梓誉人。即便是在学校当保安的梓誉人,提起笔来也能写出一手好字。梓誉,真真给人卧虎藏龙之感。门楣上的诸多家训中,除却勤劳致富、尊老爱幼之外,有一家训较为特别,上书"食得百草,百事可成"。它让我想起从梓誉走出,由家电维修工而成"百草味"品牌创始人的蔡红亮,如今他又将自嗨锅做得风生水起——一个典型的敢尝百草的当代神农氏。即便事业如此有成,他脸上亦从未失却那份敦厚与淳朴。是的,梓誉人将勤劳刻苦种在心里,将敦厚淳朴写于脸上。他们热情有度,礼数周致。那些陪同我们参观的人、那位陪我去看老师的大哥,还有溪边遇见的老伯,他们脸上皆有笑意,却都是淡淡的,亦不多言语,只在谈起梓誉的历史、自己的先祖以及外人对村子的流连时,言语间才有抑制不住的自豪。而那对背着锄头正往地里去的夫妇,男的儒雅,女的清秀。他们的神情,恬淡悠然;他们的日子,必定清简踏实。我们于村支书家落座,腊肉萝卜皮豆腐煲、

镂空花梁

小溪鱼、红烧肉、青菜、芹菜、玉米饼……一一端上桌来。玉米饼,是自家种的玉米碾出的粉做成,鱼是正宗的溪鱼,萝卜也是自己种的,咸菜是自己腌的,笋干也是自制的。下酒的,除却美味佳肴,还有欢声笑语。夫妻俩一而再,再而三地招呼我们吃菜,得到称赞时亦毫不掩饰他们的快活与骄傲。一切都在时间里,一切又都在时间之外。

梓誉,作为山间村落,旧中有新意,桥那边的新区已经排排楼房矗立,使梓誉这个村庄又多了一些意在言外的开阔感。新村有牌坊一座,前后各一副楹联:"襟溪钩月幽涧弹琴十里澄波高士曲,笔架流晖苍松弄影四周静壑古贤心",横批"九儒遗风";"梓乡存古韵尚有堂构精工宗祠重誉,理学续新篇可见人才辈出局面宏开",横批"桑梓誉重"。虽是冬至刚过,却闻鸟鸣声声,欣喜间,叫人一时失去时间坐标,竟不辨身处何时,但见牌坊边绿化带里有茶树缀满花朵,而一旁的玉兰,已是满树花苞……

襟水琴山

人自在，门自在

文 / 李宝山

　　人生免不了面临诸多的被选择。

　　当对方选择做追击者时，你将被选择为逃跑者；当对方选择做倾诉者时，你被选择为倾听者。在古代，中国女性有着太多被选择，她们被选择成了小脚女人，被选择成了贞洁女人，有的还被选择成了一名宫女……成了一名宫女后，她的命运仍是等着被选择。

　　和胡海燕、周梅玲等女作家一样，这一次我被选择去梓誉采风。

　　梓誉我已去过多次。这是一个拥有三百多户一千多号人口的村庄，在山区磐安这可是个不小的村子了。作为古村落，梓誉有蔡氏宗祠和钟英堂等古迹，朱熹手书的"理学名宗"赫然挂于堂上。为了文化，这个村选择了保留古村；为了发展，这个村选择了建立村级工业园区；为了生活，这个村选择了开辟新区。

　　人生总会面临一些选择。

　　在古色古香的古村，我们选择了行走。在两扇关闭的木门前，带队的陈新森先生选择了驻足，我则选择了观望。在被岁月反复抚摸的木门上，是两幅分别雕刻有"桐荫促织"和"激地还起"字样的雕刻作品，两扇或开或闭的木门刻录了先人的欢乐时光。

　　当岳飞和秦桧被写入史书后，他们只能选择被后人评头论足，同

穿斗式木构架

期的蔡渊则离开风口浪尖转入了梓誉岭脚，选择了依山而立，傍水而居，选择了绿水青山间的那份悠闲。

蔡渊一家在山水间生息繁衍，多年以后，居于大山深处的蔡氏后人们仍被选择去学这学那，被选择去说这说那，被选择去干这干那。当然，他们在不学不说不干的时候，就有了自己的选择，他们选择了桐荫和促织，选择了农家小院和小球。

自家的院子可以是棋盘，可以是战场，可以是屋宇，你尽可以想象；门前的流水声可以是欢呼，可以是咒骂，可以是歌唱。斗蟋蟀不为了进皇宫，踢小球不为了当丞相。

两扇门不需承担太多的仁义道德，不需借王侯将相之威，不需装梅兰竹菊之雅，不需呈琴棋书画之强，不需树忠孝节义之名，农家自有农家的滋味，天热了树荫下斗蟋蟀，无聊了院子里踢小球，一静一动，怡然自得，这可是山村里最美的风景。

桑梓誉重，在自家的老巢，更看重的是名誉，在自家老巢留个好名声很难又很重要，此誉非常誉，此誉是无声之誉，无瑕之誉，无欲之誉。

在自家的老巢，选择自在。人自在，门自在。

一个人和一个村庄

文 / 虞彩虹

1981年，一个懵懂少年稀里糊涂地到离家二十来里的安文中学就读，于是，遇见了蔡老师。他穿着整洁，面容清癯，戴着一副深度眼镜，镜片后的目光清澈如水。虽是年少，却能感受到老师时不时流露出来的些许腼腆。这样的腼腆，在老师当中，极为少见。那时，蔡老师应是刚参加工作，却不像其他青年教师那么活泼好玩。班里和他同村的同学，周末常与他一起步行回家。他们说蔡老师平日里忙于教学，周末则回家干农活。一天半的周末，要在安文与梓誉之间走个来回，剩余时间还得干农活，其辛苦程度可想而知。可那时，我少不更事，只觉老师朴实，却从未想过他有多辛苦。

不仅如此，我还常给老师添麻烦。

在交通不便、有钱也坐不到班车的年代，对一个恋家的孩子来说，很难接受其他小伙伴每餐饭都能回家吃而自己每周只能回一次家的事实，于是开始各种方式的逃学。一起逃学的女生有很多，可整整逃了一年半的，却只有我一个。这期间，让老师在正常教学之外费了多少心思！可他却从未为此对我有过疾言厉色，亦从未放弃。

离学期结束只有三天了，下午的自修课，蔡老师把我叫到操场上。"怎么就这么扔不远呢？你再试试。"于是，我又拿起那个不知什

石桥上的纳凉的村民

么时候放在操场的铅球……只可惜，还是没能扔到及格线。老师在边上自言自语般地重复："怎么就这么扔不远呢？"我本体弱，向来不擅长体育运动，怎么能扔得远呢？但是，年少的我都不会去揣摩一下老师从饱含希望到失望的话语，就那样没心没肺地跟着他到操场又没心没肺地回教室继续自修。于是，初一第一学期，三好学生因铅球不及格泡汤，想必老师当时比我自己还遗憾吧。

初一第二学期，体育老师说爬竹竿可以替代扔铅球，于是，晚饭后我便常常去爬操场边那根绑在梧桐树上的竹竿，从零步到一步到两步，终于能上下自如。当体育老师表扬我手上磨出血泡还能坚持的时候，我突然发现，能这样狠着心去练习，是蔡老师的不放弃影响了我。还有就是，我觉得不该让老师一再地失望。

村落鸟瞰图

体弱的我动辄生病，蔡老师便屡屡送来从教师食堂买的馒头。至今，我也不知道那馒头多少钱一个，但我知道，那年月，食堂里两分钱的冬瓜，可以吃两餐。

我的数学"很烂"。只是，再烂，老师也从未放弃。在他眼里，似乎没有不可救药这回事儿。晚自习，常见他双手别在后头，轻轻踱到教室门口，看我们一会儿，然后就慢慢踱进教室里来，驻足于做数学题的同学旁边。多少次，不待我提问，他就主动弯下腰来，给我提点，在确定我已找到解题方法后，又开始对下一个同学的辅导。何其幸运！在这所我"抗争"了一年半最终也未逃离的中学，他教了我整整六年的数学，还担任了我初一到高一的四年班主任。如果没有他一直这么"拽"着，在高考数学特别难的那一年，我又怎能考到76分！这个看似不太理想的分数，包含了老师六年来多少的苦口婆心、循循善诱！

为人师后，我都无法想象，当年，面对爱逃学又愚笨的我，是该拥有怎样的耐心才能毫无责备！我总觉得自己作为老师的那点好，都是因为他早早地在我心里埋下了种子。

多年后，梓誉终于给我答案。

蔡发是理学家、蔡氏九儒之首，蔡元定是理学领军人、朱门领袖，蔡渊是理学家、教育家、蔡氏九儒之三，蔡诰是大儒、理学家、易学家……朱熹见蔡氏一门潜心于理学，曾欣然挥毫书"理学名宗"与蔡渊。"理学是孔孟儒学的发展，其思想核心是'仁'。"而"蔡氏将理学作为家族立家之本，以重教育和崇文艺为素质养成"，"蔡氏各分支所存蔡氏宗谱，都把儒学作为家学传承，提倡'耕读为本，忠孝传家'"……在梓誉，历代村规都有"养贤田"制度，一直继承并发扬耕读传家的优良传统。

梓誉，亦因此享有"儒林门第""紫阳羽翼""诗礼传家"等美誉。而

村景

我的恩师蔡新华，就是梓誉人。

对一个地方产生好感，有时只需一个人。从前，当别人说梓誉是个好地方的时候，我亦毫不犹豫地苟同，那时，未曾到过梓誉，只因我的老师是梓誉人。三十多年后，我终于走进梓誉，以采风的名义。西溪、襟溪水流潺潺，狮山、琴山互相对望，小桥流水人家的模样，是多少人的梦想。四年前，同学会上，看到老师头上多了些白发，但面容依旧清癯，目光依旧清澈，神情依旧有些腼腆。有同学忍不住对我感叹，蔡老师怎么能这么出尘啊！是啊，一个人，该有怎样的心地，才能几十年还保有清澈的目光和些许的腼腆？都说一方水土养一方人。一个村庄的山水养育了一个人，而一个人的眉宇间乃至心灵深处亦藏着这个村庄的山山水水。

几十年过去，我竟从未说声对蔡老师说声"谢谢"。并非没有机会。毕业后，老师曾来信要过我的照片，说班里其他同学的照片都有了，唯独缺我的。我将照片夹在回信里，只是信里都说了些什么，我已记不清楚，却清楚地记得没有说过"谢谢"。那时觉得这两个字太轻，不足以承载自己对他的感激。

后来，老师为了家庭到乡下任教，带学生到我们学校考试。学校安排了午饭，可老师却婉拒了，而我竟也没有强留。也许，是他那依旧腼腆的样子，让我有些开不了口。尽管毕业后没太多接触，我却自信了解老师，就像了解我自己一样，我们都怕应酬，喜欢自在。

再后来，出差到老师的学校，我和同事跟他在操场上聊天，心里涌动着诸多的话语，包括那一声"谢谢"，说出来的却只是教室、学生和天气……

此次走进梓誉，终于了却看望老师的夙愿。匆匆一面，见到的还是整洁的穿着、清癯的面容以及镜片后如水般清澈的目光。除却梓誉的好山好水，除却蔡老师，我还见到了诸多淳朴的面容，更是深切感受到那最触动心弦的深厚的文化底蕴。

朱熹曾有诗云"问渠那得清如许，为有源头活水来"，蔡老师，作为梓誉众多为人师者中普通的一员，已将先祖遗训内化到骨子里，其敦厚宽容、温文儒雅还有那些许腼腆，皆因那股自梓誉蔡氏先祖始，至今一直流淌于梓誉人心中的"活水"。

重游梓誉

文 / 丹淡

2020年，第一片黄叶飘飘悠悠落在我足前那天，我也跟随立秋之风来到向往已久的梓誉。

隶属磐安县双溪乡的梓誉村，20世纪幸运地到达过。与一帮青春少年，半夜起身，一路欢歌，名曰进军山区，实则是说走就走的激情豪迈。路途中不知惊扰了多少村子、多少山水的美梦。

对梓誉的印象一直存在脑海里：宽广的溪滩、清澈的水流、古老的石拱桥、满畈的粉色草籽花，牛羊牧童在田野中缩成点点，掩映在群山怀抱中的粉墙黛瓦。好美的一幅画卷，空气里全是好闻的花香。用现代的眼光去端详，最了不起的是那些保存完好的古建筑民房，泥土夯搡、石头垒叠、砖块空斗的墙面，斑斑驳驳，四合院、前厅后堂，散发着悠久的历史文化气息。

重访故地，以一个写字的游客，新旧画面交替，环环相扣，应接不暇，心潮起伏。

想当年，我在学校做代课老师，晚饭后老师们聚在天井的花坛旁闲聊，一聊就聊到了梓誉。那时，我们总叫新城梓誉，以为两个行政村落是一个整体。大蔡老师是老梓誉了，他在那里待了十几年，带过几届毕业生，对梓誉的情感不是一般的深厚。小蔡老师就是他的得意门生。

大蔡老师因为时代的原因去梓誉,可以说锻炼,也可以说是接受教育,反正无心插柳,声名鹊起。他毛笔字顶呱呱,棋下得没有谁能比,教出来的学生得过市里不少的奖,他还把梓誉的贤惠姑娘介绍给山外面的青年小伙,成人之美,佳话频传。最主要的是他将梓誉尊崇的孝、悌、忠、信、礼、义、廉、耻人生八德带到我们学校。说起梓誉,大蔡老师表示那是他的第二故乡,是本家。梓誉是七百多年前宋代理学名家蔡元定子蔡渊、最早居住后才发展到现在三百多户、一千多人口的大村子。

每每大蔡老师如数珍宝、侃侃而谈梓誉时,小蔡老师总是一脸微笑,不时踱着步,欲说还休地嗯嗯附和。我们后来知道小蔡老师的爱人在梓誉教书,他与当年大蔡老师正好相反,一个是周末登十八弯回家取米,而小蔡老师每个周末下楼梯一般,顺着十八弯回梓誉团聚。

我们吃过小蔡老师带来的覆盆子,听大人叫牛奶莓。牛奶莓跟我们家乡随处可见的覆盆子不太相同,我们一到春末夏初,田塍、坎头、矮坡,红艳艳的覆盆子十分招摇。爸爸妈妈也会在割麦、种田、歇气时摘一把,用老鹰麦穿成串,插在草帽上,那是我们最惊喜的礼物。小蔡老师带来的是长在山上的牛奶莓,枝条特别细长,上小下大山尖形状、颗粒饱满,几乎每一个都连着叶子,红红绿绿,煞是好看。没有冰箱的年代,也可以存放一两天,覆盆子就不行,牛奶莓的口感也比我们这里圆形的覆盆子要清爽好多。

元宵节村里要迎龙灯,两位姓蔡的老师按梓誉的做法,教我们做了荷花灯、八角灯、花瓶灯。灯灯有别,形态各异,栩栩如生。这是梓誉的无骨花灯,跟我们家乡用竹条撑起架子来截然不同,让我们大开眼界。我不止一次地说,梓誉我去过,好喜欢那里。可我们的话题还

古巷尽头

是不同步，大蔡老师说，东阳出南门，梓誉第一灯。方圆五十里，素有到梓誉看灯的说法。

小蔡老师也加入进来，说梓誉是纸作工艺之乡，龙凤旗，特别是照相镜框，配以东阳木雕，全国闻名。大蔡老师说，反正梓誉是我的第二故乡，我已经认祖归宗了。于是两蔡老师又谈论梓誉的由来：梓誉原先叫安仁里，千多年前有诸多姓氏，较分散地住在各岙口。七百多年前，南宋著名理学家、医学家蔡元定（西山公）的孙辈理学家、易学家蔡诰（大儒）入居山岭脚后，繁衍后代，逐渐形成如今的村落。他是梓誉的第一代，开山辟田，生儿养女，安居乐业，甚为辛劳。

蔡诰是古村梓誉的鼻祖，也就是我们姓蔡的祖先啰。大蔡老师那自豪劲感染了我，除去我想再去梓誉，更多地了解和接近它，也想到了自己的祖先，我的姓氏，是不是我也应该去陇西看看、转转。

蔡氏家训

蔡氏始祖画像

邻村有个女生在梓誉念高中，每次她都要在我们街上经过，有时会歇一下，有时在等人。那时出行挑东西都是两头钩的毛竹扁担，一头是油漆桶的米和网袋里的菜杯，一头是换洗衣服。有次放寒假，我们在街上的石臼捣炒糯米，准备切过年的冻米糖。她搭讪说，这个我们梓誉也有。马上她意识到话语里的失误，接着改口，他们那里年三十晚上还烧夜火呢。

梓誉离我们东阳距离不远的，同一片蓝天下，传统习俗不说一模一样，也是大同小异。在院子里烧夜火我们没听说过，我们只有在除夕的灰堂里，埋入大树桩，再压上炭火，让其燃烧，叫压火种。大年初一厨房暖暖的，也是新的一年的好彩头。还有一个意思是希望来年饲养一只肥肥胖胖的大年猪，树桩代表猪头，所以都选大树桩。

女生说，梓誉的烧夜火也是这个意思，树桩一个个都是当家人和年轻人去山上挖来的。也有树木，堆在露天，一大家子围坐，吃炒豆，炒玉米，炒番薯片，嗑瓜子，讲笑话，猜谜语，喝糯米酒，分压岁钱，做游戏，唱歌跳舞，高高兴兴，热热闹闹要玩到凌晨，有的家庭还延续到正月初六。

当时有人赞同说，这个好，我们也可以烧夜火。除夕嘛，本来要坐长夜，为长辈守岁。在自家门口烧一团夜火，红红火火，兴旺发达，吉祥如意。

此事问过大蔡老师，他说梓誉烧夜火是传说白鹤山上有猴子出没，破坏农作物、糟蹋果实，小孩子很害怕。年三十篝火茶话会，相当于21世纪的春晚，联络感情，增进大家族和邻里之间的情感。敲锣打鼓，放爆竹，是为了吓唬驱赶它们，祈求风调雨顺，四季平安。

小蔡老师嘿嘿接龙，还有传说呢，白鹤山顶有块大红岩石，山下群众烧夜火，火光冲天，山上山下上呼下应，也是人和动物机智文明的擂台赛红……

故事大放送了,梓誉的白鹤山,古刹、猴子、大红岩石,浮想联翩。若要知晓梓誉更多民谣趣事,且听下回分解。

我们到此一游的那一年,正值四月春天,在一个大四合院里的人家,吃大铁锅里煮的米饭,草籽炒年糕,其实是白玉米粉和番薯粉掺和的;尝过小溪的石斑鱼。听穿大襟衣的奶奶说白鹤山的菩萨、夏天泡茶的六月雪。她曾经是我们东阳的富家千金,被媒人骗到梓誉。她是笑眯眯地说出这个骗字,让人觉得骗比愿意还心生欢喜,幸福溢满发光的面庞。她一边给我们炖火腿毛笋和豆腐,一边说梓誉风水好,要出人才的,过去进士不少,以后还会很多。

村落一角

仔细想想梓誉的确是这样，陌生人是看不到有村落的，要是再走两步，眼前就是柳暗花明，呈现出另一番天地。奶奶拿着棕榈扇，扇一下风炉继续说，梓誉地形像一个簸箕，这是招财纳宝的，上辈人说还有左右两边狮子白象守着。你说是不是风水宝地，是不是厉害？

梓誉的小溪不阔不窄、潺潺有声，穿村而过，连接溪两边的农家出行方便。有山有水，是上苍的恩赐，是眷顾。山是靠山，水是财源。沿河成街的布局，临水建房，道路以鱼骨型骨架的传统民居，看上去舒服有韵味。我们坐在走廊的四尺凳、小竹椅上，有人坐在门槛上，倾听奶奶的讲述。

院子都是木结构，高远且深邃，年代感强，给人感觉冬暖夏凉，稳重牢固，气势不凡。圆柱子巨大，一人抱不过来。翘角飞檐弧度优美，层层递进。雕梁画栋的人物、花草、飞禽、神佛图案，惟妙惟肖；走廊马头设计高超，木榫凹凸无缝对接，浑然天成。视线所及之处，无不显示祖先的匠心和智慧。徜徉在这样的弄堂回廊，每一步都是奇妙和享受。

屋檐下的晾衣竹竿，院子一角的花鱼缸，长石板上的盆景，镶着图形的鹅卵石缝隙间长出的青草，他们都在衬托，都是绝配。堂屋里挂着画像，门槛高高，圆洞门高高，光洁的地面，是岁月打磨过的痕迹。台阶两边有我们女孩子喜欢的凤仙花，母鸡带着小鸡在找食，公鸡跳到石磨上，被收工回来的主人挥手请下。

如果我是当年来求学的女生，住在和蔼可亲的奶奶家，我听她讲裹脚受苦的情景，讲八仙桥抬过天山、抬过十八弯时的感受，讲抗金将领蔡炎，官拜行营都使，梓誉人称其为都使公（炎公自小天资聪颖，有谋略，立志报国），讲有关梓誉的一切。

两年高中，我会不会走遍梓誉的每一条石街，会不会在黄昏到来之前，约女同学一起来溪滩，在某棵柳树、桃树，或者村口的樟树（现在没找到）下聊天、看风景。还有其他同学吗，我们会不会有不期而遇，相互说了什么客套话，会不会有一些难以启齿的借口，我是不是也在溪边白捡了一条鱼，我还去白鹤山折六月雪，周六挑回家？

我一定要杜撰一首打油诗，献给我单纯的十七岁：

那一年

出场顺序凑巧

可是　由于

也就没有后续

好多细节新鲜得如昨天

远远地张望

美美地畅想

三阶马头墙

谁从石板桥上行来

马尾巴　花衣裳

说着小说里的三家巷

连同稍带外地的好听方言

全倒映在起涟漪的水面上

回眸闪亮

这边吹笛的青年是谁

曲子略显忧伤

却信心满满

想有一次讨论习题的机缘

记下饭盒上的名字

熬夜写成的句子

时光出错

两年四学期

就这样硬生生被打乱

悬念中断

唯有梓誉中学

溪边　操场

上课放学的钟声

曾经一群妙龄女生

似仙女下凡

一路回想

小桥依旧

木窗依旧

钟英堂厢房活络式木雕格扇窗

沉沉浮浮的心事依旧

重新打量

谁没有十七岁的青春秘密

谁没有十七岁的搁浅梦想

纵然有了皱纹和华发

还是那个深情少年

是不是　应该来一场华丽丽的邂逅

在昔日炊烟袅袅的古村

我还必须要说说梓誉的小鱼干。

去年家里有几包来自家乡的鱼干,父亲仔细地分成几个袋子,一直在冰箱里冷藏着。宽一点的,看似粗枝大叶,是亲戚自己抓,自己烘的,实惠解馋。小试过几次,温水浸软、洗净、沥干、爆炒。配以姜丝、醋、糖、蒜、辣椒这些佐料,味道跳将出来惊呆了舌尖。

鱼干是我的最爱,带鱼、鱼冻次之。带鱼碍于洗烧麻烦,气味又重,不是日常。鱼冻颇具季节性,煎的时间老长,也只停留在理论上。至于鱼干,既是小众,亦千载难逢。买鱼干难,好的鱼干更要打着灯笼去寻寻觅觅,去遇,还不一定如你所愿。

早些年我们买鱼干,多数送人,难得自己留一盘。那都是统货,名义上要求木炭烘,肚子挤干净,鱼干黄亮,不焦煳,不碎片。质量好坏要对方信息反馈后才知道。常常我们托亲戚从水库边的人家那里买,或者市场上挑选。鱼干闻起来有些腥气,这腥味比带鱼好闻,一旦烹饪,美味又下饭。

另一包没有开封,视为珍品。因为朋友特意交代过一句,这是梓誉的小溪鱼,留着你们自己吧。要是喜欢,下次还有。细品,懂得。于

柱石(一)   柱石(二)

是打听,果然稀缺,没有标价。

印象里的上乘鱼干好像不是梓誉,也许是我孤陋寡闻了。现在好风水、好光环怎么都被梓誉拔了头筹。古村,小桥流水,九十年代三处省级文物保护单位,是巧合,还是实力所致?内行人透露,梓誉的鱼是野生的,可以追溯到开天辟地的老品种。梓誉的水是山涧的泉水汇集,烘鱼干的人家不以利润为目的。活鱼、洗、烘焙、储存,以致包装,所有过程,纯手工,卫生干净,叫人放心。

好山好水出好食材,好食材要配欣赏而且有口福的人。这点我们刚刚对上了,趁有家乡客人来,打开小拇指那般、整条排列包装的小溪野生鱼干。齐刷刷灵巧漂亮,手感沙沙作响,闻起来熟悉的鱼干香。不禁眼前铺开一条奔向大海的溪江,朝霞、夕阳里,游着千千万万的鱼……炒一盘黄灿灿、甜丝丝、酸溜溜,连鱼刺都酥脆的鱼干。鼻翼轻吸,眼睛都亮了。就着一小杯酒,三分醉,六分兴奋,大头天话一个接一个,说抓鱼,摘苦槠,打板栗,背树挑柴路过梓誉,说差一点去梓誉读书,都是过去、遥远的时光,不乏有趣的往事。完了老乡讷讷地要讨一碗择子粉,想烧择子豆腐消消暑。父亲塞一包鱼干。这就是乡里乡亲,是藏在内心深处的情结,睹物思乡,乡愁可缓解。

有些愿望实现起来注定会相隔甚远,就像中间那么一个大空档;有些机缘又很突然,意外地降临,就像这回的重游,欣赏过那些古建筑、凤仙花和一丈红,那位如今应该是太婆的老奶奶她可健在,那些疯长着的草籽,牛羊和牧童呢?顺着溪江数过去,石墩和古香古色的拱桥,我仿佛遇见情窦未开的自己,背立溪边,白衣飘飘,长发飘飘,思绪飘飘。要是当年我果真为一名学生,是不是比大蔡老师小蔡老师更有发言权,我的前半生,在花开的年龄,是不是会发生和经历很多动人的故事呢?

站在村口,凝视千年古村梓誉,心底泛起朵朵浪花。踩着石子路,参观村史馆,省级文物保护单位蔡氏宗祠、钟英堂、下厅民居。蔡氏宗祠正中悬挂"理学明宗""桑梓誉重""孝思"三块匾额,是体现忠孝礼节的场所。我完完全全沉浸和融入梓誉,浮现节日里举着蔡字旗的腰鼓队,小巷里提篮走菜园的小姑娘。新农村的新洋房整齐美观,古村干净安静,门口挂着灯笼、大蒜和辣椒,圆匾里晒着盘成8字形的索面,听说今年板栗丰收。

寓意上好的梓誉村名,是从古文的"桑梓誉重"一词中选取中间"梓誉"的。梓誉人尊儒重文,以理学文化,理学道德传承教育后人,这是值得我们学习的。我在家群里竭力推荐,去梓誉吧,看看那里诗画般古村的隽永风光,一定不虚此行。

九月来喜

文 / 清泠梨花

一

这天雨止，一星期不见太阳的阴霾滴漏，突然放晴了。

好闻的桂花香随着秋风，若有若无地传过来，阿巧在阳台上晒裙子和鞋子。她连叫两遍女儿过来看，女儿跐着木屐，橐橐橐踩着节奏地过来，故意探身往上看，天高气爽；俯首往下，有一只花猫嗖地一下钻入麦冬。

没什么呀。女儿声音柔软。妈妈肯定不是叫自己来看猫的，妈妈不喜欢狗啊猫这些小动物。母女俩相视一笑，女儿抿嘴了，眼光落到鸟儿飞走，树枝摇摆的桂花树上。女儿尖叫：桂花开了呀，看着都香！

热闹了一小会儿，阿巧去洗凉席，又晾出薄被子，来来回回忙碌时唱着歌。歌词从小女子不才，未得公子青睐，自然串烧到感谢天感谢地，感谢命运。这样乱切频道，自己还没觉察到异常。

周末回家的女儿奇怪了，我娘从来不开喉的，尤其是走路哼歌开天辟地第一回。今儿个这是怎么了。女儿有些像爸，有时玩幽默，有时像阿巧，看明白了也能憋住不说。

喂，今天去后坑吗？是爸爸的声音。女儿低头刷牙，电动牙刷在吱吱吱地工作，她按了下开关键，抹掉满口泡沫，想问你们去那旮旯干吗,停了一会儿女儿还是没问,总觉得爸爸对妈妈那是喜爱得不得,在家都不唤名字,不是喂,就是23,这些他们自己会意的昵称。

23是乔丹、詹姆斯等球星的球衣,价值不菲。女儿的爸爸喜欢打篮球,她男朋友也是球迷。男朋友第一次听到她爸叫23的时候,眼睛都瞪直了。而后求解,女儿私底下要他猜。男朋友脑洞未开,猜你爸妈是不是23岁开始恋爱,或者23岁结婚?23应该是一个黄道吉日,一个幸运的数字。女儿的头摇得越来越厉害,最后干脆笑倒不说。

不过,妈妈叫爸爸的方式要费好多心思去揣摩,在此先暂不表。

去的,妈妈从卧室里回话。她说话做事从来是简单,有时不多说一个字,害得爸爸这样猜那样度。爸爸还是乐意,最多猜对时来一句下次别这么深奥好吗?我跟不上你的思路。若猜不到,就知趣地找个台阶说,我翻书去吧,兴许书里面有答案。

爸爸拿出妈妈喜欢的杭州篮,妈妈常常背的环保袋,妈妈喜欢在地里田间穿的高帮回力球鞋。爸爸就是妈妈的一个得力助手,他们心有灵犀,默契有加。后坑,妈妈每年去摘柿子,都是由爸爸陪同。这些年不管近山远山、高山矮山,树木保护做到家,森林茂密,又不用割柴,路变小了,变没了,野果也找不到了。

找不到野柿子,阿巧照样去,山脚下坐坐,山风吹吹,采一些花花草草回来。实在没有花花草草,就带些树叶回来,各种颜色和形状的树叶。也有歪打正着地捡到松蕈,上面有铜绿,比香菇还要大一圈。烧豆腐,合着炒鸡毛菜,一家人香喷喷吃了个光盆。

你妈就是喜欢去后坑,看看也好,都看出感情来了。后半句爸爸朝女儿递眼色,女儿洗好脸在拍水、抹乳液。妈妈笑而不答,爸爸又说兴许那里约过会,牵过手,刻骨铭心的青春印记,一年一次要去祭拜。

妈妈终于回应了,等等,严重用词不当;妈妈反问爸爸,祭拜是什

么意思。收回去,重新说。爸爸说唱道:今年过节不收礼呀,不收不收坚决不收礼。

扑哧一声,女儿还是笑出声来了,她从来没有看见爸爸妈妈红过脸,抬过杠,争过吵。她和男朋友谈了几个月就开始有矛盾。他们是怎么做到的?爸爸很普通,妈妈不漂亮,他们有什么秘诀保鲜爱情?女儿只晓得爸爸写得一手好钢笔字,把她和妈妈的名字用各种体写出来,还让她们去挑选哪个最喜欢。其中巧字他随手写了23,这是23名字的由来。

女儿一番打扮,收拾好行头,跟在阿巧后面出门。一路上溪水潺潺,女儿说这股活水真清澈,有没有鱼。妈妈说我在永福寺看见过。阿巧说的是水,去灵隐时她说过,这里多好啊,念经修行。女儿说,你有佛心,是观音菩萨。爸爸接茬,送子观音。

广林,此话当真?广林不是爸爸的名字,也是妈妈想出来在家里像23一样叫叫的。

没想到爸妈的玩笑开到自己这边来了,不是催婚就是催生。

好多时候女儿觉得在和睦恩爱的父母面前,似乎也会变得多余和不自在。因为他们太甜了,总是目标一致,有趣是有趣,好玩也是好玩,就是太不世俗,太不真实。妈妈还好一点,会适可而止。爸爸大概

下厅民居俯视图

是浸在蜜缸里,时不时要露出头来,带着兴奋和优越感,显山露水地显显摆。

路边的地里有可以收割的芝麻和小米,有隆起裂缝的红番薯露出来,池塘边有青菜和毛毛菜,密密地拥挤着。田角落有芋艿,叶子像荷叶。女儿没有上学的时候总是荷叶和芋艿叶子分不清,看见芋艿叶子要凑过去闻,要动手摘。妈妈赶紧拦住她,教她芋艿叶子不能碰,弄到眼睛不得了。可是她自己又要拗断,撕掉芋艿杆子的筋,炒成菜,过粥配饭,超好吃。

天下的妈妈都这样,什么事情都自己独当一面,冲锋在前,将安全围起来给孩子。

丝瓜棚搭得好有艺术,许多黄花爬高又爬低地开着。也有扁豆,开着紫色的蝴蝶型花,豆荚一串串铃铛一样在风中响着。池塘里有菱角,有茭白。山上有择子柴,也有金钩梨。野柿子的树不大,要打着灯笼去找。爸爸调侃,要找妈妈那样去找柿子。

二

戴着帽子和手套,全副武装的一家三口还在后坑转悠。山是青山,在秋意渐浓里有了赤橙黄绿青蓝紫,有层次有画面感。

手机响了。阿巧让女儿取出口袋里的手机,女儿说密码,爸爸飞快地报出来。现在好多年轻人的隐私都在手机上,密码是彼此的最后一道防线,而爸妈之间真没啥秘密的。阿巧自言自语,谁会给我打。她常说被老天遗忘,也不被谁需要。

女儿拨回去,是网格员妈妈,一位20世纪的老妇联主任打的,她说快回来,你家来客人了。

什么客人,哪里来的,女儿听得云里雾里。三个人草草收场,匆匆下了陡坡,途中免不了猜谜语。爸爸又寻妈妈开心,找你妈的,这你也不懂吗?阿巧顺水推舟,我当然懂,我们约好的。女儿帮妈妈逗趣,爸你怎么可以把心里话说出来了,我们其实不想知道的。

一个女人一辈子跟着一个男人,阿巧老公还想继续解释,母女俩早已不约而同地聊到上田滩菱角塘的荷花、莲蓬、藕和红鲤鱼了。

二十多分钟的路程,女儿还是支持一下爸爸,调皮地问妈妈,你跟爸爸之前谈过恋爱有没有。爸爸抢着说怎么可能没有,你妈这么漂亮。阿巧转身把手套扔过去,谁像你,广恋。

我来澄清，是订正吧，我们都是对方的初恋。话题引起后，爸爸总会有办法圆满结束。

噢哦。阿巧淡淡一笑说，你爸爸……女儿说，很正常，都是我的好妈妈，也是俺的好爸爸哈。阿巧说，都是好妈妈，好阿姨。爸爸少，只有一个。

近村子时，远远看见院子里围了一堆人。阿巧看看老公，看看女儿，欲言又止。女儿问，你认识吗？阿巧茫然。爸爸前去打招呼，热情招待一行人进屋坐下。妈妈泡茶，老妇联主任帮忙烧点心。

戴眼镜的客人是主角，他在客厅里和阿巧老公说起多年前他来过梓誉，当时在他家吃过饭，他记得这院子里有很多果树，还有一棵桂花树。阿巧老公哈哈后说，应该不是我家，是阿巧家吧。阿巧这才大方地走出来，端出刚刚摘来的野柿子和金钩梨，请大家吃。妇联主任说，是阿巧表姐家。

主角客人问，野柿子，是后坑，还是香山的？

向山、后坑你也知道，竟然还记得！人群里发出疑问和惊讶。

昨天和往事，在今天来说都成故事。多年前客人来村里驻队，他们是执行上级分配任务的，在学校里蒸饭，吃食堂的菜。当年阿巧的表姐在食堂里帮过忙，阿巧也去过一次，可能是送菜去的。阿巧记不得她和他们几个县里的工作同志说过什么话，自己走出门那一瞬间，是听见有一阵笑声，可不知道是什么意思。

你肯定不会记得了，当时我是理着光头，有学生跑来看热闹，我吹着口哨，又把他们吹跑了。

记起来了。阿巧说，你穿军装，你们好像住了好几天。

我不是军装。客人笑了。

啊。阿巧的笑有点勉强。

钟英堂大厅轩月梁

后来我们也来过，就是采风，那次是我跟一个朋友来的。看见你的记录，字迹娟秀。

我的记录？阿巧眉头皱了皱。

有部分是你去搜集记录的。

那是多少年前的细节了，据说要写村史，要修谱。妇联主任找到阿巧，让她帮忙做记录，那些民谣和特色。阿巧在保证翔实的基础上挖掘了一些稀缺的原始资料，是手写，没有保存下来，还可惜过一阵子。

把资料交给负责人时，那位负责同志当场就表扬了阿巧，说资料做得认真详细，可以去他们单位工作了。问阿巧，你想离开梓誉吗？因为他拍了一下阿巧的手臂，阿巧没有表情地摇头。

此事阿巧也向老公提起过，我是不是错过了一些好机会？

他是怎么看见那一本厚厚的整理记录的，他和那位表扬的负责人是什么关系，阿巧有点想知道。在一个下午的畅谈中，阿巧大体捋出一个轮廓，这位一面之缘的客人是南方血统的北方汉，后来一直在国外工作和定居。他有个同学和阿巧同名，长得也很像，失联多年后又联络上了，于是他想到了阿巧。

他说在梓誉的几回蜻蜓点水，让他有种回到阔别故乡的亲切。他产生过很多愿望和幻想，是一时也是一世。他忘不了吃过这里油渣鸡蛋汤团，抢过这里建造新房时的抛梁馒头，在石臼里搡过糯米饭年糕，从文字里描绘出迎亲队伍要有的唢呐锣鼓，还有抬花轿的喜气场面，还有新娘子过麻袋的讨彩寓意。这里的番薯面和芋艿蕈，是一绝，其他地方都没这么正宗地道。他喜欢梓誉的一切。

他们还说了很多很多，阿巧在厨房没听清，只有阵阵笑声不时地传过来。

早晚饭阿巧和妯娌一起焐芋艿,剥皮,捣泥,糅进番薯、糯米粉,做成一筛子的蘑菇蕈,是一朵朵独特的花,与豌豆、瘦肉、鲜藕、粉丝一起烧成汤,一碟香醋,一碟辣酱,这个菜客人们吃得赞不绝口,心满意足。

阿巧的老公也应邀大显身手,炒了鸡蛋粉干,客人也吃得连连说好。完了陪着他们绕新梓誉老梓誉走一趟。最后正式起身,阿巧找出一个小包,是干艾叶,作为梓誉的特色礼物送给客人。客人握着阿巧老公的手征求意见似的说,我要谢谢阿巧,在浙江,特别是梓誉有那么多美好的记忆,跟她也握个手吧。男主人伸手做一个请字。这是他们的第一次握手。

你们拥抱一下吧,阿巧女儿提议。话音刚落,三个中年男女开怀大笑,继而手搭肩膀围起来,头或仰或低。有人拍照,让他们的友情定格长存。有人热烈鼓掌,由衷地喊:好! 就差一点像电视里起哄的:在一起,在一起。

顺着梓誉溪滩的水,送了一程又一程,手都挥酸了,笑得合不拢嘴。路过的,慕名的,来的都是客。客人回去了都想着还要再来,是什么磁力在吸引着天南地北的好朋友?

三

八仙桌上还有香烟,是广林弟弟发给客人剩下的没拿走。

八仙桌上还有客人带来的高级礼品,瓶瓶罐罐有阿巧的、阿巧老公和女儿的。

阿巧在阳台上浇花,多肉、绿萝、君子兰、发财树。藤椅吊篮上还放着女儿看了一半的书,女儿去接男友快递来的秋天里的第一杯奶

老街雪景

茶,也可能是咖啡,也可能是榴梿蛋糕。母女都深爱榴梿和臭豆腐,每次阿巧老公只得捏着鼻子躲一边去。

莫名跳动的心没有完全平复下来,仿佛是做梦。梦里自己会有这样那样的事情发生,比如去大学读书,去县城上班,比如还在恋爱阶段,比如遇见白马王子。所到之处都有溪江,有小桥,有鹅卵石,有从小看到大的古村木楼房。每一个梦的元素都与梓誉有关,她的前半生后半生都属于梓誉。

他们会来搞投资开发吗，真会推广宣传梓誉吗，还是面上客套话说说的？要考察，要汇报，要研究，要等待。阿巧今天完全头脑发烧，迷糊了。她看看手机，是储存了一个陌生号码，马上出现在微信的新朋友上，头像和个性签名都非常特别。

等会儿广林会开什么样的玩笑呢？是不是有素材被他发挥，是不是会演变成一则暖色新闻？以前和表姐拉过钩，一定要为梓誉做点有益的事，保留传统，要保留淳朴，还要发扬光大，让更多的游客知道有这么好的一个地方值得去走一走，看一看。未来的梓誉会热起来，牌子会打响，真的很有信心。

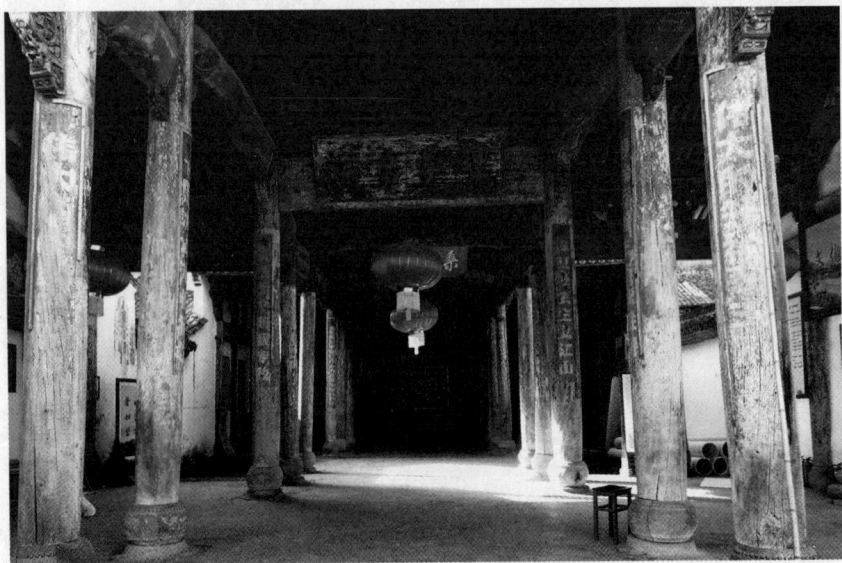

祠堂内景

饭后阿巧和老公一起散步，经过一个围墙，墙里探出石榴，阿巧要拍照，老公站着等。前面一只黑猫闯过来，阿巧想回避，老公替他挡了一下。阿巧想说一个事情，待了一会儿又没说。

今天似乎比往时要沉默一些,都是老公在找话,阿巧有些心不在焉。好多阿巧在肚子里回旋一遍,算是说过。水果店老板问起客人的事,阿巧说他们可能是梓誉的贵人。而后对老公说,其实我心里也没有底,毕竟我们没有直接的交往。老公笑嘻嘻地说,很好了,别描。

描?阿巧的眼神里有不屑。那不屑有:不想想人家为什么要送你一个广林的外号。

我品去。我好难。

你难成老爷了。

我肯定会是姥爷的。

此时有微信信息,是客人的。客人说,谢谢你们,今天的这一顿吃得实在舒心。阿巧原来我是只知其人,不知其名。你真有福气。看见你们一家我真高兴,以后邀请你们来我家做客,我也会带夫人再来梓誉的。我们常来常往,后会有期。

阿巧接过老公的手机,一目十行地浏览。然后对着天边的眉月嘘一口气,本来想说月朗清风。说出来是,快中秋节了。

梓誉遗珠

从"烧夜火"说起

文 / 蔡琪昇

一方水土养一方人。"万山深处见平畴"的生活环境以及亦俗亦雅，崇尚儒家耕读并重的文化传统，造就了梓誉人独特的民风习俗。有些习俗可谓当地独有，比如"烧夜火"。

梓誉村大年三十夜，各门堂有燃烧夜火的风俗。

每年过了腊月二十五，小伙子们就上山挖被砍了的树桩树根，抬回来，堆放在屋前门堂上。到了年三十傍晚，点燃树桩树根烧起火，梓誉人叫"烧夜火"。人们围着火堆边取暖，在火堆上烧茶，喝茶、吃瓜子、炒玉米、炒豆子、炒花生。有的讲故事、猜谜语、讲笑话，外出回乡人讲在外的奇闻逸事，热闹非常。有的门堂一直烧到年初四五。此风俗年年不断，一直延续至今。

梓誉村为什么要在大年三十夜要烧夜火？

据传，在很早很早以前，梓誉村西有座山叫白鹤山（也叫白岩山），山上有个白猴精，率领众猴，兴风作怪。它不仅糟蹋农民种的庄稼，每当傍晚还带领猴群进村抢夺食物，闹得当地农民民不聊生。有一年大年腊月二十九日傍晚，有一家人在自己门前烧了一堆火，在火堆旁一边烤火取暖，一边吃晚饭。猴群下山来就抢夺食物。一家人忙跑回家中，紧关上门。众猴模仿人坐在火堆旁的凳子上，边烤火边吃抢夺来

"烧夜火"

的食物。

农夫透过门缝看猴子,心想怎样才能把猴子赶走呢?想了许久,终于想出了办法。

第二天,正是大年三十。他上山砍了几根竹子,傍晚农夫一家人燃烧起一大堆火,并放进许多砖块,烧得红红的。

猴群下山了,来到火堆旁,农夫用锄头把烧红的砖拉了出来放成一圈,在火堆上抛进许多竹子,自己在一条凳子上放上红布,坐了下来,众猴子也往烧红的砖上坐。这一坐,猴子可把屁股烫坏了,痛得哇哇叫,都跳了起来。刚好此时火堆上竹子爆炸了,炭火纷飞,把这些猴子烫得哇哇大叫,慌忙四散跑了。此后,不仅猴子屁股被火烫红了,猴子听到爆炸声,看到火就害怕,远远地跑开了。

所以梓誉人大年三十烧夜火,燃放爆竹,驱除邪魔,以求新的一年平平安安、红红火火。

也还另有一说,是村人与白鹤山上一块红岩石赛红。

大年三十夜,梓誉村烧夜火的风俗至今从不间断。

梓誉的习俗大多与"敬佛""祭祖"有关,崇尚儒家"仁,义,礼,智,信"的五常之道。其中,每年农历八月十五的"迎佛"习俗最为隆重。那一天,出嫁的女儿要回娘家,女婿外甥及亲戚朋友都要来看梓誉的"迎佛"。

八月十四日开始杀猪宰羊。八月十五日天刚放亮,许多人都手捧高香,聚集在朝龙庙和万寿庵一带的路边等待。几声鞭炮响过后,锣鼓齐鸣,迎佛开始了。首先在庙中摆开三牲供品,祭拜后,四面大锣前导,从朝龙庙大门出来,而后是四面清道大旗,接着是两位头戴礼帽、身穿马挂、一手提着香篮、一手握点燃长香的汉子,再是数面画有龙凤的彩旗和蜈蚣旗,接着是一对朝龙庙的旗灯和一对写有"国泰民安"

"风调雨顺"的马牌,而后是吹鼓手的乐队,随后是四人抬的香灵案。再是三把神轿,每把神轿由四人所抬。第一把神轿是少相公(七岁精)的神像,第二把是朱相公的神像,第三把是胡相公(胡公大帝)的神像。后面是一众香客,有的手敲木鱼,有的念经,也有手举小三角旗的,老的小的一路上燃放鞭炮,队伍浩浩荡荡向梓誉村西的山岭脚进发。

山岭脚离村五华里。众人到达后把神轿摆放在一平地上,稍作休息开始拜佛。和尚和道士念经做佛事和法事。其大意是:(一)今天迎送诸神佛回老家探视;(二)迎接诸佛同游本村田野;(三)保佑国泰民安、风调雨顺、五谷丰登、六畜兴旺、安居乐业、无病无灾、身心健康。读过文告、做完法事诵过经,朝拜过神山老庙遗址,队伍开始回村。

回村后把神佛的轿子停放在村中固定的地方。摆开供品,众人跪拜后回家吃中饭。

饭后,数声鞭炮响后,人们聚集在停放神轿的地方,开始下午的迎佛活动。迎佛队伍与上午相同,所往的方向是向东北方向:跨过东阳江到达干田畈,再过东阳江到上新城、到苏州堂,翻过苏州堂岭(也叫驼岗岭)出陈塘坞到上新屋回到朝龙庙。摆开三牲供品做完佛事(法事),迎佛活动结束。

迎佛活动为什么要这样安排?

原来梓誉村早先居住在山岭脚,早代叫安仁里。在水口的地方有一古庙。蔡姓入居后的第三代蔡炎,也叫庆一公,移居到现在的地方居住,改村名为梓誉。迁居后在梓誉村口狮山盖了新庙,叫朝龙庙。塑了神佛像。把山岭脚古庙中的神佛接到新庙中供奉。以后每年要抬神佛像到原古庙遗址去探老家。

那么又为什么又要到干田、上新城和苏州堂呢?

梓誉迎花灯

　　因为那里的土地田园是梓誉的,让神佛看看,确保这些土地风调雨顺、五谷丰登。

　　"迎花龙灯"是梓誉人又一项重要习俗。

　　正月里来正月正,家家户户挂花灯。春节期间,蔡氏宗祠、钟英堂、翔和堂乃至整个村落都挂满了琉璃料丝灯、羊皮灯、琉璃珠灯等各式各样的无骨花灯。无骨花灯无竹木铁的骨架,纯纸制作,通过裱、凿、刺、胶许多工序制作而成,图案美观大方,有荷花灯、八角灯、花瓶灯、荔枝灯等各式形态,制作精细,工艺精湛,有些还伴有"烟火""动头""花灯"等特殊工艺,堪称梓誉一绝。元宵节前后,周边五十里的乡民都要赶来梓誉看花灯,曾有"东阳出南门,梓誉第一灯"之说。

过去,梓誉的迎花龙灯还有"五龙一狮"之说:上半村与下半村各有一支舞龙队和一支龙灯队,外加一支村里儿童组成的少年迎灯队,合起来为"五龙"。"一狮"则是舞狮队,由大洪拳小洪拳为主体的拳班组成。夜幕降临,华灯初上,家家户户张灯结彩,村民们都出门迎灯。"五龙一狮"从村中的不同方向同时游出。一时间,灯火闪烁,流光溢彩,梓誉村成了灯的海洋,锣鼓声、爆竹声响彻云霄,欢笑声、叫好声响成一片。

早在明清时期,梓誉人就在纸作工艺和一些民间手工艺制作方面有过一段辉煌的历史,无论是烟火、动头、黄凉伞、捏面佛,还是花灯、孔明灯、绘画都在当地首屈一指,制作的迎花龙灯格外精致美观。花灯主要分龙头、龙身、龙尾三个部分。梓誉村篾制龙头比较威武,其彩画粗犷大方,装饰华美,背上插风调雨顺五谷丰登八面龙旗。天灯是经针刺的花灯,花灯上部制有许多纸花。龙爪灯为蝙蝠灯,意为"福",两串彩球上下摆动,两只龙眼活灵活现,威风凛凛。龙身为一节节连接的轿灯组成,一般在二三十节左右。花灯就在龙身部分,轿灯大多为每轿二盏经过雕凿和针刺的无骨花灯,花灯有荔枝灯、八角灯、花瓶灯。二盏灯之间装上数只风斗车轮迎风旋转。龙尾为竹篾编制,固定在木板上的尾巴高高翘起,龙鳞和云块大方美观。

以前,梓誉还有炼火习俗。炼火,也叫踩火,就是把许多木炭倾倒在祠堂前的操场上,火烧红了,叫道士来做法事,据说是关了火门,而后许多人赤着双脚在火堆上奔跑。神奇的是:赤脚踩火的人双脚都不会烫伤。梓誉人每年还要搞一次"施蓝盘"。施蓝盘是给那些流落他

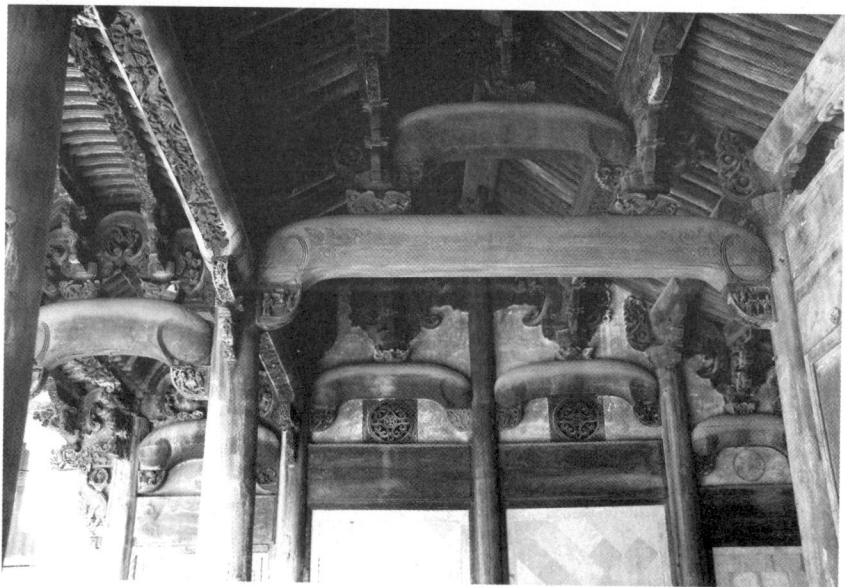

穿斗式木构架

乡的孤魂野鬼做善事。事先做好纸做的衣、裤、帽、鞋等穿戴品，纸钱、纸车、纸马和纸船。还有米饭、豆腐、多种蔬菜和玉米粉做的馒头，让那些孤魂野鬼吃。吃好后，缺衣的拿衣、缺裤子的拿裤子、缺鞋的拿鞋、缺盘费的给盘钱，带上馒头等食物和衣裤，各自回家去。远道的再也不要流落漂泊在异乡外地。按情况需要分别乘马、乘车、乘船回到原来家乡去。新中国成立后，这些带有迷信色彩活动便逐渐消失了。

挑柴挑来的媳妇

文 / 李美丹

现在的人肯定不明白什么叫挑柴，为啥要去挑柴。尤其背树，只有六十年代以前的人知道这事，他们可能是目前为止最后一批经历过挑柴和背树的当事人。

说出来没人相信，小通在读小学时就跟父亲去挑柴。他人长得高，力气也大，还特别懂事。看见父母亲没日没夜地为一家人辛苦劳累，一定要承担些力所能及的活儿。父亲偷偷摸摸去挑柴，那时要参加生产队劳动，不出工去山里挑柴也是"投机倒把"的一种，要给挂罪名的。所以，每次小通父亲都是以牙痛、胃不舒服，需要在家休息，或者走亲戚这样找借口的。

家里烧毛柴，挑来的柴每一根都有擀面杖那样粗，几次并一起，推车到集市上卖给镇里没有柴烧的人家，也有工厂和学校的食堂烧这种杆子柴。换来的钱买米买油，补贴家里开销。没有解放鞋，像现在年轻人流行的回力板鞋根本没听说过。小通只能穿八分钱一双的草鞋，新草鞋磨脚，又没有袜子可以挡一挡。为了能穿得持久点，要在淤泥里搓上厚厚的泥。哪里破了，塞一块布条。鼻子（前面那个扣）断了，边上的襻掉了都很正常，用稻草浸湿，绑在脚背，继续赶路。小通不一样，赤脚行走乃是经常性的。

从家里出发，人家偶尔出一次挑柴和背树的差，条件好的带白米饭，糯米饼配芝麻白糖馅。小通家姐妹六个，还有爷爷，一大家子都是齐刷刷地等着要吃饭的。他家带不起米饭，有冷玉米糊加番薯已经很不错了。路远的话，去横塘西塘，他们父子俩就包玉米饼和玉米粉，饿了在中途的村子某一户好人家搭伙。

三四年来，选择梓誉搭伙比较多，不是这个地方处在最中间位置，是小通对梓誉生出感情来了，说确切点是对比他小两岁的叫云儿的小女孩很有好感。做父亲的看在眼里。云儿也确实讨人喜欢，她总巧妙地和她妈妈说，我喜欢叔叔他们的玉米饼。开始几次是调换的，玩笑式。后来云儿妈就说，你们不用另外烧了，大家一起吃，玉米粉留下就是了。

不用自己烧火，现成吃白米饭，天上掉馅饼了。那次小通吃到了不一样的霉干菜，这霉干菜不像霉干菜，分明是九头芥（雪里蕻）的梗，切成四角开，佛手一样好看。与豆腐烧在一起，又软又嫩，又香又好吃。自己家的霉干菜，菜梗老，咬起来还硌牙齿。看小通老往那个菜碗里伸筷子，当爸的几次使眼色，还咳嗽过两次，小通还是忍不住。

回来的路上，父亲跟小通讲，去陌生人家吃饭要注意的一些规矩和道理。像夹菜的手，不能伸到很远，要在自己门口。再说云儿家与我们不熟，又不是朋友关系，你很喜欢也不能老盯着那个菜。

小通的回答十分简短：我知道了。

七月的日头很毒，地上的石子很烫，路边草编里沙子也有点扎。他们在有福之人上天山的顶上歇气，风透过樟树叶哗啦啦地吹过来，小通的胃里有了那个喜欢的菜香，他咕咚咕咚喝了竹筒里的一半水，说他们那个不是霉干菜，可是要比霉干菜好吃一百倍，一千倍！

那叫你妈也腌制一坛，明年我们就带它。说着父与子挑着树木，

蔡氏宗祠—翔和堂

155

从天山岭头顺势而下。

别的事情说过就做过了，唯有这件事情小通记得很牢，到家扔下柴担就支支吾吾地说霉干菜。母亲说霉干菜怎么了。小通说跟别家的不一样。跟谁家不一样，不都是九头芥、萝卜缨晒的嘛。小通听父亲对母亲嘀咕了一句，母亲又说，那是倒笃菜吧。小通坐到母亲身边缠着问，什么是倒笃菜，很嫩吗？母亲一下站起来，假装生气，你还问个萝卜不生根了。小通也站起来，紧紧跟了过去，强词夺理地说，哪个萝卜是生根的，萝卜本来就没有根的。

随后去挑柴，小通已经是后生模样了，差不多跟他父亲肩膀齐平了。他问云儿，这个霉干菜我们叫倒笃菜。云儿端着碗跑去问奶奶，奶奶说不是倒笃菜，是菜卤。小通听见了，云儿又重新说一遍：菜卤。回头小通解释给母亲听，他们叫菜卤。他们是谁呀。小通母亲原来是教书的，难为政策的原因，随他爸一起下放回乡。她热情乐观，也风趣调皮，好多事情，比如农活，做家务，都是后来学起来的。

等到要学做菜卤时，小通妈妈为难了。顾名思义，卤就是腌菜的汁水，她听过腌制腊肉的肉汁是可以腌咸鸭蛋的。要是青色鸭蛋，干活的人吃过脚心脚后跟不会疼。可是家里没有多少肉汁的，每年一只小年猪都保不准。再去挑柴，不是小通要搞清楚，而是他母亲在委托在打听，他要为家人弄一碗香飘飘的下饭菜。

还是云儿细声慢语地告诉小通，所谓的菜卤其实就是农家菜。利用头年腌制九头芥、萝卜缨、白菜多余的卤汁，去卤萝卜条、芋艿土豆片、菜梗块、竹笋、毛豆等一切农家田地里种起来，可以做菜看的食材。首先是卤一夜，其次要蒸一天，再焖一夜，最后拿出来晒干。到时焙肉、滚豆腐，也是慢火煨炖，乍一看颜色黑乎乎的，但集所有九头芥、萝卜缨、芋艿、土豆、竹笋和毛豆子的精华，闻着香气扑鼻，吃起来

沿溪村道

软嫩可口,老小皆宜。小通最喜欢的是九头芥菩头切下来的那个,云儿家将它开成四瓣,呈现好看的花朵型,有几分鸡爪和佛手的形状。他们那里也有称菜爪(通菜苤)的。

　　梓誉男人真诚客气,梓誉女子贤惠、治家过日子有方,能把不起眼的物品调理得如此入味美心,可见周全不简单。小通家有腌萝卜干、酒糟萝卜丝的习惯,这也是东阳颇有特色的传统小菜。但没有人会做菜卤,吃过菜卤和喜欢菜卤的可能算小通爷俩第一人了。

这样围绕一个菜来来回回的问和答，两个人以致两家人的友谊加深了，爱情之苗发芽了，含苞吐蕊了。等到小通上高中，云儿是初二的邻家有女初长成，亭亭玉立，楚楚动人。她们没有递纸条，没有拉手，有的是小通还去那条路挑柴，后来是背树，松树、杉树，哪个赚得多就做哪个。还在云儿家搭伙，不过已经公开蹭饭了。小通家还是条件不够好，每到春天就闹饥荒，草籽出割草籽；山上的柴叶春风吹又生了，他和哥哥妹妹去捋，水里一焯，当菜当粮。有一次是在田角落里抓到两条泥鳅，他们就直接清水煮。没有生姜小葱，没有猪油酱油，也吃得津津有味。

将这些说给云儿听，云儿是不太相信的。他以为小通哥在骗她。直至小通考上了大学，他的第一封情书写给云儿，云儿才相信这是真的。她也在努力攻读，她想配得上小通，他们就是小说里的男女主角，青梅竹马，两小无猜。

云儿正式嫁给小通，他们分了四次喜糖。先在省城举行集体婚礼，然后去小通家，算是旅行结婚了。公公婆婆对云儿，是捧在手心里的那种呵护和喜爱。年初二去娘家，小通还是不忘记要菜卤，说别人是吃东阳博士菜长大的，我还吃了梓誉的卤菜，所以我的身高幸运地列入巨人行列。

小通在遇到云儿后开挂了一般，他成绩不是很突出，却考上了大学。在学校里体育冒尖，又是党员，人缘好，够帅够红的，被好多女生追捧。毕业分配也是第三梯队后备，起点就高，后来承包了一个厂子，后来自己开公司。说起过去，人家都是人生百味，苦水汗水，不堪回首。小通恰恰相反，他因为在最纯粹、最情窦未开的年纪遇见了云儿，觉得自己的童年虽然辛苦，但是非常明亮美好。

现在的小通已是中年大叔，他事业有成，家庭幸福，儿女凑一个好

"村晚"表演

字。城里有房有车,老家有房,丈母娘家也有房子。每逢过年,他不是接两边老人出去看世界,就是轮流起来一家一家地过。暑期他带龙凤胎儿女去梓誉度假,去大溪滩里游泳,去上厅翔和堂弄堂、水后门、横街口、后街沿、里门堂走走、坐坐,也乘凉。其间会碰到一些清清爽爽的老人,摇一把蒲扇,跟你聊上几句亲切的家乡话⋯⋯小通还指给儿女们看,原来那里是学校,边上有一个涵洞,温度飚到38℃或以上,是可以躲到里面乘凉的,特别特别凉快,比空调还要舒服。冬天可以去烧火,温暖如春信不信。

小通说的很多内容都是云儿讲后,他添油加醋、绘声绘色地描述给孩子们听的。小通还讲到在溪滩里漂流的情景,孩子们问真的假的,我们要问爷爷去的。小通说我们是撑着竹筏的宝贝,我蓑衣斗笠,

宗祠石门洞

你妈妈一袭长裙,衣袂飘飘。说罢,大声唱起"小小竹排江中游,巍巍群山两岸走……"

都说云儿旺夫,是蔡云的名字起得好,蔡谐音财。配小通,是挡不住的财运亨通。小通自己蛮有福相,他很满意云儿的性格,文文静静兼内秀,是个贤内助,助家庭,助事业,助儿女。小通常和朋友说,去我们老家玩吧,保有好吃的。朋友起哄,是霉干菜焐肉,还是菜卤滚豆腐?小通一味点头,都是都是,我儿子女儿名字里就有这两个地名的字。

儿子女儿现在还是不太相信小通说的那些话,包括玉米粉、草鞋、挑柴、背树。菜卤奶奶会做,他们也很爱吃。他们嫌爸爸虚构的成分多,曾振振有词地问过,既然条件那么差,你怎么长这么高呢?没想到小通幽了一默,没办法基因决定的,你爷爷海拔,你奶奶身材,现在你爸爸妈妈,知否?

下厅民居外墙

梓誉十景诗

叶蓁

东溪钓月

一

青山如黛月似钩，长虹伏卧东溪头；

碧兰河水静静流，水下层层起高楼。

蓬莱何时迁到此？海市美景不胜收；

几艘画舫穿桥过，欢声笑语在埠头。

二

月儿刚上树梢头，嬉耍儿童水中游；

娃娃光身像泥鳅，兴风作浪在江秋。

打罢水仗比潜游，鲛龙出水显身手；

笑声歌声远离去，破碎银盘又聚首。

三

玉兔东升日西斜,漫步江堤消闲暇;

香风阵阵扑面来,松柏苍苍映彩霞。

白发老翁放钓竿,情侣细语花影下;

雀鸣莺歌燕飞舞,红紫蓝绿景独佳。

四

长虹如鲛月似钩,巨石峭壁碧水秀;

亭台高阁倒悬影,竹筏小舫任漂流。

江流百转蜒北去,云岭万重雁南投;

桂芳菊黄飘清香,枫红樟翠惜暮秋。

南峰插汉

突兀一峰入云端,恰似天柱立南方;

共工头撞南天倾,此山擎起天一半。

南极仙翁常在此,诸仙欢会弈棋忙;

祥云缭绕飞升去,但留石坪在世上。

西谷栖霞

苍松翠柏立山岗，藤萝翠幔挂崖傍；

满坡栗子咧嘴笑，沟中稻谷黄灿灿。

树下农夫扇笠帽，放牛娃娃捉鱼虾；

又是一年桂花香，幽歌随风过山梁。

钟英堂厢房

北岭樵云

清晨结伴上高山，凉风阵阵花飘香；
云岭万重收眼底，彩霞千缕绕身傍。
山泉叮咚似点鼓，莺鸣雀语仙乐啭；
夕阳一缕满天红，一路樵歌下山梁。

笔架朝晖

西山顶上有奇峰，晨阳先到笔架红；
尊儒重教老传统，勤劳节俭好家风。
往昔朱子赠墨宝，盛赞蔡氏一名宗；
遵从家训人文盛，儒林门第誉更重。

琴山听籁

琴山狮山立村口，犹如天神把门守；
襟水淙淙向东流，弦声咚咚永不休。
回忆昔日风光秀，幽悠美景复难求；
重新合力谱新曲，调弦再把新乐奏。

石台晓涨

傲立江心漾碧水，磐石巍巍疑莲台；
时起时伏鳖抬头，忽隐忽现鲸露背。
半夜惊雷风和雨，一江洪流滚滚来；
水卷砥柱涡万圈，浪击石台雪千堆。

鹃阜留春

一

江南三月好风光，溪水清清天蓝蓝；
紫燕剪柳桃花红，梨花一片白茫茫。
满山仙女忙摘青，采茶歌声遍山梁；
阵阵和风阵阵香，杜鹃声声留春光。

二

藤花凋落鹃花放，万紫千红满深山；
春色美景能几何？蜂飞蝶舞无心看。
一夜风雨溪水涨，身披簑衣耕田忙；
布谷声声催春去，放下犁耙忙插秧。

郑坞仙坛·其二

笔架峰下有仙坛，寻访遗踪进山峦；
曲径崎岖如鸡肠，苍松翠柏已坦然。
峭壁飞涧依旧在，紫烟弥漫隐修篁；
遍寻往昔炼丹处，数片瓦砾几块炭。

柯岩石室

突兀峭壁千仞岗，江流深潭百转弯；
松柏野藤崖上挂，枫樟秀竹影倒悬。
欲访仙人石门闭，一挂泪水流不断；
仙姝恋凡传佳话，巨石群中思彷徨。

蔡氏宗祠鸟瞰图

后 记

梓誉村青山怀抱，碧水环绕，不仅景色秀丽，且历史悠久，文化底蕴极其深厚，被称为"理学名宗"。《桑梓誉重归名宗——梓誉》一书的编纂出版，旨在进一步挖掘、保护和利用好梓誉村的历史文化资源，以文化驱动经济、社会和谐发展。

在此书的编纂中，县、乡、村各级领导高度重视，为了提高本书的文稿质量，增强文学性、可读性，中共磐安县委常委、宣传部部长陈新森同志亲自挂帅，组织并率领县作协的作家们冒雨前往梓誉村进行田野调查，深入村民家中采访。双溪乡党委书记卢忠平同志、乡长羊晓光同志、副书记曾畅同志以及村书记蔡忠良同志做了大量的配合与协调工作，组织梓誉村民积极配合采风组成员的采访。为了本书的顺利出版，编辑们在疫情期间戴着口罩，伏案编改。为丰富本书内容，杭州磨铁文化公司总经理汪行健先生还组织省内作家撰写部分文稿。此外，还要特别感谢蔡琪昪先生及其家属，为本书无偿提供素材，感谢中共磐安县委宣传部、双溪乡人民政府为本书提供了所有图片。

由于本书编者水平有限，加上编纂时间比较紧，难免会有不足和遗漏之处，望广大读者提出宝贵意见。

编 者

2020年9月

图书在版编目（ＣＩＰ）数据

　　桑梓誉重归名宗:梓誉 / 陈新森主编. -- 北京：
九州出版社, 2021.6
　　ISBN 978-7-5225-0052-2

　　Ⅰ. ①桑… Ⅱ. ①陈… Ⅲ. ①散文集－中国－当代
Ⅳ. ①I267

　　中国版本图书馆CIP数据核字(2021)第097352号

桑梓誉重归名宗:梓誉

作　　者	陈新森　主编	
责任编辑	姬登杰	
出版发行	九州出版社	
地　　址	北京市西城区阜外大街甲35号(100037)	
发行电话	(010)68992190/3/5/6	
网　　址	www.jiuzhoupress.com	
印　　刷	杭州万星印务有限公司	
开　　本	710毫米×1000毫米　　　16开	
印　　张	11.75	
字　　数	262千字	
版　　次	2021年6月第1版	
印　　次	2021年6月第1次印刷	
书　　号	ISBN 978-7-5225-0052-2	
定　　价	48.00元	